Le messager de l'espoir

L'auteur

Lauren Brooke a grandi dans un ranch en Virginie et vit à présent en Angleterre, dans le Leicestershire. Elle sut monter à cheval avant même de savoir marcher. Dès l'âge de six ans, elle a régulièrement participé à des concours équestres. Elle fait tous les jours de longues balades à cheval, accompagnée par son mari, vétérinaire spécialiste des chevaux.

Heartland

Lauren Brooke

Le messager de l'espoir

Traduit de l'anglais par Emmanuelle Lavabre
et adapté par Bertrand Ferrier

2e édition

Titre original :
Every New Day

Loi n° 49 956 du 16 juillet 1949 sur les publications destinées à la jeunesse : juin 2002

La série « Heartland » a été créée par Working Partners Ltd, Londres.

Heartland™ est une marque déposée appartenant à Working Partners Ltd.
ISBN : 2-266-12130-8

Seule Laura peut comprendre leur douleur,

seule Laura sait comment soigner leurs blessures,

seule Laura leur redonnera confiance en la vie...

Partagez avec elle, à

Heartland

sa passion des chevaux.

Je remercie tout spécialement Gill Harvey

À Kevin Yates, mon ami et celui d'Heartland

Le cheval s'élança, sa longue queue blanche flottant au vent derrière lui. Ni rênes ni selle ne le reliaient à l'homme sur son dos. Et pourtant, le cavalier ne faisait qu'un avec sa monture. Par d'infimes mouvements, le vieil Indien cherokee communiquait avec l'animal, qui obéissait de son plein gré.

Muette d'admiration, Laura les regardait. Le cheval accéléra, puis ralentit en souplesse et reprit le trot. Il redressa fièrement la tête.

« C'est magnifique ! » pensa la jeune fille, émue.

Un lien exceptionnel peut exister entre un homme et un cheval – mais Laura n'avait jamais vu quelque chose d'aussi fort. L'entente de ces deux-là était parfaite.

Comme par magie, le cheval à la robe mouchetée se mit au pas et marcha vers la porte, où se tenait Laura. Son cavalier glissa à terre, le visage impassible, mais ses yeux brillaient de joie. La jeune fille prit son courage à deux mains.

— Bonjour ! dit-elle. Je m'appelle Laura Fleming. Vous êtes bien Huten ?

L'homme lui jeta un regard, puis souleva le loquet de la barrière.

— C'est votre fils Bill qui m'a envoyée ici, poursuivit Laura. Je visite la réserve avec ma sœur et je suis passée chez vous. Je voulais vous rendre un livre que vous aviez prêté à ma mère, autrefois. Vous la connaissiez : c'était Marion Fleming, de Heartland, en Virginie.

— Marion Fleming... répéta le vieil Indien, soudain intéressé. La femme aux doigts de fée...

Il fronça les sourcils.

— Vous avez dit « c'était » ? demanda-t-il.

— Oui, expliqua Laura. Elle... elle est morte l'année dernière.

Elle grimaça. Annoncer la disparition de sa mère creusait toujours un immense vide en elle.

Une ombre de tristesse passa sur le visage de Huten. Il observa Laura avec attention.

— Vous êtes déjà venue, fit-il.

— Oui, avec ma mère, acquiesça la jeune fille, stupéfaite. Mais je n'avais que six ans !

En effet, Marion l'avait emmenée visiter la réserve cherokee, neuf ans plus tôt. Toutefois, Laura n'en conservait que quelques impressions, qui s'étaient gravées dans sa mémoire : une ambiance chaleureuse, des rires, le sentiment d'appartenir à une grande famille heureuse.

Huten sortit de la carrière, suivi de près par son cheval – toujours sans longe ni licol. Ensemble, ils remontèrent un chemin ombragé sur le flanc de la montagne. Laura leur emboîta le pas.

— Je vous ai vu travailler, déclara-t-elle. C'est étonnant. Vous êtes extraordinaire.

Le vieil homme flatta l'encolure de son cheval.

— C'est Albatros qui est extraordinaire, pas moi. On le disait rétif, quand je l'ai eu. En fait, il sait simplement ce qu'il veut.

— Ma mère pensait qu'il n'y a pas de chevaux rétifs, juste de mauvais cavaliers.

— Exact, approuva l'Indien. La plupart des chevaux obéissent de bon cœur. Sinon, il faut chercher la cause de leur résistance.

Laura hocha la tête. C'était l'un des principes de la méthode que lui avait enseignée sa mère. Elle connaissait peu de chevaux aussi sensibles qu'Albatros. Huten avait su gagner sa confiance.

Une jeune femme aux cheveux courts et blonds les attendait au bout du chemin.

— Je vous présente ma sœur, Lou, dit Laura au Cherokee.

— Elle n'était pas avec vous, la première fois.

De nouveau, la mémoire du vieil homme impressionna la jeune fille.

— Non, confirma-t-elle. Elle a fait ses études en Angleterre. Lou, voici Huten Rocher-Blanc.

— Ravie de vous connaître, Huten !

— Continuez jusqu'à la maison, proposa le Cherokee. Je rentre Albatros et je vous rejoins.

On apercevait une habitation de bois, plus loin, au sein d'un bosquet de bouleaux. L'homme s'éloigna.

— Si tu l'avais vu sur son cheval, chuchota Laura à sa sœur. C'est incroyable : on dirait qu'ils lisent dans l'esprit l'un de l'autre. Je comprends pourquoi maman aimait tant cet endroit !

La réserve indienne occupait une immense forêt dans les montagnes appalaches. Laura inspira l'air vif avec délice : le printemps s'annonçait.

Comme les visiteuses s'approchaient du logis, une femme d'environ quarante-cinq ans parut sur le seuil.

— Bonjour ! lança-t-elle joyeusement. Je suis Barbara, la femme de Bill. Il m'a prévenue de votre arrivée. Entrez, entrez !

Le bungalow était vaste et confortable. De grands tissus multicolores étaient fixés aux murs. Barbara conduisit ses invités à la cuisine, où trônaient un poêle à bois et une longue table.

— Nous vivons surtout dans cette pièce, expliqua-t-elle. C'est la plus chaude de la maison, et l'hiver est plutôt rigoureux, par ici.

Elle passa la tête dans l'entrebâillement d'une porte.

— Caroline, appela-t-elle, viens dire bonjour !

Une fille à peine plus âgée que Laura entra. Elle ressemblait à Huten comme deux gouttes d'eau. De petite taille, le corps sec et nerveux, elle avait les mêmes sourcils d'un noir de jais, et surtout la même grâce mêlée de réserve dans son maintien.

Les deux sœurs Fleming se présentèrent à tour de rôle.

— Salut, marmonna Caroline.

Apparemment, la jeune Indienne n'avait pas envie de bavarder.

— Asseyez-vous ! lança sa mère. Vous tombez bien : j'ai fait une tarte aux noix de pécan, ce matin. Bill et Huten ne vont pas tarder à rentrer.

En effet, le père et le fils poussèrent bientôt la porte. Barbara posa une cafetière fumante sur la table et entreprit de découper le gâteau.

— Vous êtes là pour quelques jours ? demanda Bill d'un ton jovial.

« Il a le même caractère que sa femme,

jugea Laura, tandis que Caroline tient de son grand-père. »

— Non, regretta Lou, nous repartons demain. Nous ne pouvons pas laisser Heartland plus longtemps.

— Heartland ? répéta Caroline.

— C'est la ferme où nous vivons, expliqua Laura. Elle appartient à notre grand-père, Jack Bartlett, mais notre mère en a fait un refuge pour chevaux en difficulté.

— Et qui se charge du travail, maintenant que Marion n'est plus de ce monde ? s'enquit Huten.

— Laura, répondit Lou. Avec Ted, l'un de nos palefreniers. Ils ont repris les méthodes de maman.

— On utilise des remèdes à base de plantes, ajouta sa sœur. Surtout, on écoute toujours le cheval... comme vous.

Huten opina lentement de la tête.

— Vous avez beaucoup de boxes ? s'enquit Bill.

— Dix-huit, dit Laura. Pour environ seize ou dix-sept pensionnaires. Dès qu'un cheval va mieux, on lui trouve un foyer, ce qui nous permet d'accepter un nouveau patient – et ainsi de suite.

— Mais alors, tu ne vas pas au collège ? s'étonna Caroline.

— Bien sûr que si ! Je me lève à six heures pour curer les boxes et je fais travailler les chevaux le soir, après les cours.

— Wouah ! Tu dois être drôlement passionnée !

Le ton moqueur de la jeune Indienne déstabilisa Laura. Avec un grand-père comme Huten, comment pouvait-elle mépriser ainsi l'amour des chevaux ?

Huten se pencha en avant et scruta le visage de Laura.

— Tu te souviens de ta première visite ici ? demanda-t-il.

— Pas très bien, avoua la jeune fille. On n'est pas restées longtemps. Pourtant je me rappelle que maman paraissait transfigurée.

Elle échangea un regard avec sa sœur. À cette époque, leur mère n'avait pas encore digéré le départ subit de son mari. Ancien cavalier olympique, celui-ci n'avait pas supporté de se retrouver diminué après un grave accident de concours. Il avait préféré disparaître.

— Oui, confirma Huten. Marion se sentait bien parce qu'elle venait de découvrir ses talents de guérisseuse. Elle avait trouvé sa voie.

Laura écoutait de toutes ses oreilles. Comme c'était étrange d'entendre un inconnu parler en ces termes de sa mère !

— Alors, éblouie par ce bonheur tout neuf, poursuivit le vieil homme, elle m'a promis quelque chose.

Laura se raidit.

— Elle a promis de revenir un jour avec l'un de ses chevaux, expliqua Huten, pour qu'on travaille ensemble.

Il s'interrompit, avant de conclure :

— Mais le jour n'est jamais venu. Et maintenant, elle a fini son temps.

— Nous avons tellement de travail, expliqua Laura. Je suppose que...

— Je sais, assura Huten avec un sourire. Comment trouver le moment d'agir, quand il se cache ? Il est pourtant là, sous nos yeux.

Le silence se fit autour de la table. Laura

réfléchit aux paroles du Cherokee. La famille Rocher-Blanc avait l'air habituée à ces pauses prolongées, car personne ne broncha pendant de longues minutes.

— On vous a ramené votre livre, reprit enfin Laura.

— Ah oui..., murmura Huten. *Écouter le silence*.

— C'est ça. Vous aviez écrit sous le titre : « Quand ces pages n'offriront plus de réponse, le jour sera venu. » Je comprends ce que vous vouliez dire.

Elle sortit de son sac un petit ouvrage bleu aux coins usés et le tendit à l'Indien, avec ces mots :

— Je regrette du fond du cœur que vous n'ayez jamais revu maman.

Quand Laura et Lou sortirent du bungalow, l'ombre des bouleaux sur le sol avait grandi.

— Si vous avez cinq minutes, je vais vous montrer les chevaux, proposa Bill.

Les deux sœurs suivirent l'homme en direction de l'écurie.

— Il y a pas mal de centres équestres sur

la réserve, expliqua Bill. Beaucoup de vacanciers aiment se balader à cheval. Mais mon père et moi, on ne raffole pas de ce genre de tourisme. On préfère montrer aux gens le mode de vie traditionnel des Cherokees et soigner les chevaux à problèmes.

— Comme nous à Heartland, remarqua Laura.

— Oui, c'est pour ça que votre mère est venue nous voir, d'ailleurs. En fait, enchaîna-t-il, on aide autant les hommes que les chevaux ! Les Cherokees ont subi tant de pertes, ils savent surmonter la douleur. C'est ce qui attire les gens. Et puis nous aimons nos vieilles coutumes, nous nous battons pour que vive notre langue.

— Vous parlez cherokee ? demanda Lou.

— Bien sûr. À la maison, au village... Notre culture possède une grande valeur.

Laura s'arrêta devant le box d'un petit cheval au poil hirsute. Vu son air farouche, il y avait sûrement du mustang en lui. Mais il était maigre à faire peur. Quand la jeune fille lui tendit la main, il se réfugia au fond de sa stalle, le regard inquiet.

— Le pauvre, il a l'air perdu..., compatit Laura.

— Il s'appelle Maverick, indiqua Bill. Il était dans un état pitoyable quand il est arrivé, et il va encore falloir un moment pour qu'il retrouve la forme. Si on arrive à l'apprivoiser, parce que c'est un vrai sauvage !

Laura mourait d'envie d'entrer dans le box. Ce cheval l'attirait.

— Laura, viens, il est tard, s'impatienta Lou.

— J'arrive. Dommage qu'on ne puisse pas rester un peu...

Dehors, les premières étoiles brillaient au-dessus de la montagne. Laura soupira. Quel endroit magnifique !

Les yeux de Lou pétillèrent.

— Heartland ne te manque pas ? fit-elle. Ni personne, là-bas ?

Laura sourit. Depuis peu, elle sortait avec Ted, le palefrenier. Mais c'était encore tout nouveau pour elle. Et si étrange...

3

— Comment trouver le moment d'agir, quand il se cache ? répéta Laura le lendemain, sur la route du retour. À ton avis, Lou, qu'est-ce que Huten a voulu dire ? Pourquoi maman n'est-elle jamais revenue le voir ?

— Peut-être qu'elle n'en avait pas envie.

— Mais pour quelle raison ?

— Elle était trop occupée. Et puis, venir jusqu'ici en camion avec un cheval, ça aurait été de la folie. Elle a dû dire qu'elle reviendrait, sans y prêter attention. Et le vieux a mal interprété son silence, comme si elle l'avait trahi. Ou qu'elle avait raté quelque chose.

Laura se rembrunit. Lou se trompait.

Leur mère aurait fait n'importe quoi pour un cheval, y compris rouler jusqu'aux Appalaches.

Ce n'était pas la première fois que les deux sœurs n'étaient pas d'accord. Les semaines qui avaient suivi la mort de Marion avaient été un cap difficile à passer. Lou avait quitté New York et son travail dans la banque pour gérer les affaires de Heartland. Ensuite, elle avait recherché leur père, installé en Australie. Trois semaines plus tôt, celui-ci avait séjourné dans la région lors d'un voyage d'affaires. Lou et Laura l'avaient alors revu.

Mais sa visite avait éprouvé tout le monde.

— Vous devriez prendre un peu de bon temps. Pourquoi ne pas partir un week-end ? avait suggéré leur grand-père.

Au début, l'idée leur avait semblé bizarre. Et puis, Laura était tombée sur le livre du vieil Indien dans les affaires de Marion, et le projet s'était concrétisé.

— Huten n'a jamais dit que maman l'avait trahi, dit la jeune fille. Il a juste constaté combien il est difficile, parfois, de reconnaître le moment d'agir.

— N'importe quoi ! En général, on ne choisit pas. On fait ce qu'on peut. Ce qui est raisonnable.

— *Raisonnable ?* Ah, c'est bien toi, ça ! s'exclama Laura en riant.

— Tu n'es pas trop pressée ? demanda Lou quelques heures plus tard, comme elles approchaient de Heartland. On pourrait passer au supermarché.

— D'accord, allons-y.

La voiture quitta la route et s'engagea sur le parking.

— Regarde ! s'écria Laura. C'est Ted !

En effet, le jeune homme se dirigeait vers l'entrée du magasin.

— Je vais le rattraper ! annonça Laura. Tu as besoin de moi, Lou ? Sinon, on se retrouve à la maison.

— Ça marche. File !

La jeune fille traversa le parking en courant. Ted avait déjà disparu dans les allées, mais elle le retrouva rapidement.

— Coucou !

— Laura ! Enfin de retour ? Je suis si content de te voir !

Sans crier gare, il la serra dans ses bras et lui vola un baiser.

— Hé ! protesta-t-elle en se dégageant. On est dans un lieu public !

— Quelle importance ?

— Ce n'est pas très distingué, voilà l'importance, fit une voix dans leur dos.

Laura se retourna. Oh non ! C'était Angela Gorst !

— Enfin, puisqu'une histoire d'amour fleurissait à l'écurie, quoi de plus romantique qu'un supermarché pour l'annoncer au monde entier ?

Laura l'aurait étranglée... Elles étaient dans la même classe, mais Angela était la dernière personne à qui confier un secret ! Cette fille prenait un malin plaisir à nuire aux autres.

— Et si tu t'occupais de tes affaires ? proposa Laura.

— Je peux *aussi* m'occuper des tiennes, rétorqua Angela. Même si je comprends ta discrétion : ça ne se fait pas de sortir avec son palefrenier... Ça n'est pas professionnel du tout !

Laura sentit la moutarde lui monter au nez. Comme si Angela connaissait quoi que ce soit au métier ! Sa mère, Valery Gorst, dirigeait un centre équestre spécialisé dans la « fabrication » de chevaux coulés dans le même moule. À Yellow Sun, on croyait dur comme fer à la discipline. Valery Gorst n'écoutait pas les chevaux, elle les pliait à sa volonté ! Tout le contraire de Heartland. « Cette peste mérite une leçon », songea Laura. Elle ouvrit la bouche, mais Ted la prit fermement par le coude.

— Viens, intima-t-il à voix basse. Elle n'en vaut pas la peine. La bave de ce crapaud n'atteint pas les blanches colombes que nous sommes !

Laura sourit et suivit Ted, plantant là la petite peste.

— Amusez-vous bien, les amoureux ! lança Angela. Vous m'inviterez à votre mariage ?

— Bien, Mercury ! lança Laura.

Le hongre gris trottait en cercle autour d'elle, l'encolure haute, superbe et décontracté. La jeune fille l'arrêta d'un geste. Le cheval la laissa approcher, puis attendit sans broncher qu'elle détache la longe.

— Tout seul, maintenant, murmura Laura.

Elle retourna au centre du manège.

— Au trot ! ordonna-t-elle.

Le hongre obéit. Laura l'observa attentivement. « On dirait un peu Albatros », se dit-elle. Comme le cheval du Cherokee, en effet, Mercury répondait aux ordres sans contrainte. Mais le problème n'était pas là.

C'était un jeune cheval d'obstacle, arrivé

depuis une semaine. Ses propriétaires actuels, Gabriel et Bruce Adams, l'avaient d'abord remarqué sur les terrains de concours. Ils avaient suivi ses progrès, puis s'étaient étonnés d'une subite baisse de forme. Un an plus tard, le cheval était à vendre. Les deux frères décidèrent d'aller le voir. C'est là qu'ils avaient découvert la vérité : son cavalier lui frappait les antérieurs à l'entraînement pour le forcer à lever plus haut les genoux !

Gabriel et Bruce l'avaient acheté, dans l'espoir de réparer les dégâts. Mais Mercury refusait désormais de passer la moindre barre. Douceur, persuasion : rien n'y faisait.

— Tourne ! cria Laura.

Aussitôt, le grand hongre pivota sur ses postérieurs et repartit en sens inverse. « Il a tout à fait un physique de sauteur, pensa la jeune fille, et il a une forme du tonnerre. Il n'y a aucune raison qu'il ne reprenne pas la compétition ! »

Elle avisa Ted à la barrière et arrêta de nouveau le cheval. Elle se sentait encore un peu gênée par le baiser du supermarché, mais tant pis. Elle avait besoin de l'avis de son petit ami. Saisissant le cheval par son licol, elle s'approcha de la porte.

— Il répond au doigt et à l'œil, commenta Ted.

— Sur le plat, oui. Malheureusement, il s'affole dès qu'il voit un obstacle. Il va falloir repartir de zéro. Si on lui faisait passer des barres par terre, au trot ? Quand il comprendra que personne n'a l'intention de le frapper, il se détendra peut-être. Et avec un peu de chance, il retrouvera le plaisir de sauter. Qu'en penses-tu ?

— Ça me paraît logique. Tu veux essayer tout de suite ?

— Pourquoi pas ?

Pendant que Laura remettait le cheval en cercle, au bout du manège, Ted disposa une série de barres sur le sol, espacées chacune d'une foulée. Mercury n'aurait même pas besoin de sauter : il lui suffirait d'enjamber les traverses une à une, au trot, en levant bien les pieds.

— C'est prêt ! lança Ted à Laura.

La jeune fille conduisit Mercury au centre et le renvoya sur un nouveau cercle. Cette fois, il allait rencontrer les barres sur son chemin.

À la vue du dispositif, le cheval se raidit. Il rejeta la tête en arrière et ralentit.

— Au trot ! lança Laura d'une voix calme.

Le hongre obéit à sa façon : il contourna l'obstacle. Couvert de sueur, agité, il n'avait plus rien à voir avec le cheval attentif de tout à l'heure.

Laura le laissa achever son cercle, jusqu'à ce qu'il se retrouve en face des barres.

— Allez, Mercury ! l'encouragea-t-elle.

Mais de nouveau, le cheval se déroba.

Laura n'insista pas. Elle retourna au bout du manège et laissa l'animal trotter librement, jusqu'à ce qu'il se calme. Puis elle revint vers Ted.

— Tu as vu ? lança-t-elle. Il va falloir y aller petit à petit. Il est très sensible. Les coups l'ont gravement traumatisé.

Ted hocha la tête et contempla le regard intelligent de Mercury, ses oreilles pointées vers eux, ses fins naseaux frémissants.

— On dirait Rainbow, fit le jeune homme.

— Tu as raison, ils ont le même tempérament !

Comme Mercury, Rainbow avait des dispositions naturelles pour l'obstacle. C'était le cheval de John, l'autre palefrenier de Heartland.

— Tu sais, reprit Laura, on devrait demander à John de nous aider. Il est là depuis six mois et il passe son temps à curer les boxes ! Il faut qu'il apprenne à rééduquer les chevaux. D'ailleurs, c'est pour ça que sa tante nous l'a envoyé.

— Mmm, réfléchit Ted. C'est vrai qu'il connaît Rainbow par cœur. Tu as raison, il devrait bien s'entendre avec Mercury.

Laura sourit. Ted et elle tombaient toujours d'accord, dès qu'il s'agissait de chevaux. Quelle chance d'avoir un tel ami !

Comme les jeunes gens reconduisaient Mercury à son box, ils aperçurent Scott Trewin dans la cour. C'était le vétérinaire de Heartland et, depuis quelques mois, le petit ami de Lou. Laura leva le bras dans sa direction. Scott lui répondit avec enthousiasme.

— Il en a, un grand sourire ! remarqua Laura. Que s'est-il passé pendant notre absence ?

— Rien, du moins pas que je sache, répondit Ted.

— Ohé ! Les cachottiers ! cria Scott.

Laura ouvrit des yeux ronds. Soudain, elle comprit ce qui réjouissait tant Scott. Son frère cadet, Matt, sortait avec Angela.

À tous les coups, celle-ci leur avait rapporté sa rencontre avec Ted et Laura au supermarché ! Elle n'avait pas perdu de temps !

Laura sentit ses joues s'enflammer. Mais, à sa grande surprise, Ted éclata de rire.

— Les nouvelles vont vite ! s'exclama-t-il.

— Quelles nouvelles ? demanda John en sortant d'un box derrière eux.

Ted passa le bras autour des épaules de Laura.

— Eh bien... on aurait dû te le dire plus tôt, mais...

— Non, vous sortez ensemble ? Ça alors, c'est super !

La jeune fille ne savait plus où se mettre. Elle n'était pas prête à vivre cette histoire au grand jour. Et de toute façon, c'était à elle de l'annoncer !

— Je rentre Mercury, indiqua-t-elle sèchement. Il commence à s'énerver.

Sans un regard pour les trois garçons, elle tourna les talons.

Dans la stalle, le cheval gris fourragea dans ses cheveux pendant qu'elle dénouait son licol. Elle réfléchit. Donc, Angela avait parlé. Au collège, la nouvelle allait se répandre comme un feu de brousse...

Elle entendit un bruit dans son dos. C'était Ted.

— Ça va ? demanda-t-il.

— Nickel ! répondit-elle aussitôt.

— On ne dirait pas..., insista Ted. Qu'est-ce qu'il y a ?

— J'aurais préféré qu'Angela tienne sa langue, voilà ! Maintenant que tout le monde est au courant, je vais devoir prévenir grand-père avant qu'on le fasse à ma place !

— Qu'est-ce que ça change ? Il aurait bien fallu l'avertir un jour ou l'autre, non ?

Laura hésita. Au fond, elle ne craignait pas la réaction de Jack Bartlett. Il appréciait Ted et ne verrait pas d'objection à leur relation. Alors, d'où venait le malaise qu'elle ressentait ?

— Je ne sais pas, marmonna-t-elle. J'aurais aimé que ça reste un peu secret...

— Tu as honte de sortir avec moi ?

Laura croisa le regard blessé du jeune homme et se radoucit.

— Mais non, tu es fou ! Je parlerai à grand-père ce soir.

— Salut ! cria Laura en entendant claquer la porte d'entrée. Tu t'es bien amusé ?

Jack avait passé la soirée chez des amis, et Lou était sortie avec Scott. Restée seule, Laura en avait profité pour ranger ses affaires, avant de regarder la télé.

— Oui, merci, répondit grand-père. Content de te voir, ma petite-fille. Alors, ce week-end chez les Cherokees ?

— Génial. J'ai tout adoré : les gens, les chevaux, les montagnes... Et puis, Huten est formidable. Je l'ai vu monter sans aucun harnachement, et le cheval lui obéissait comme par enchantement. Vraiment, je comprends que maman ait eu le coup de foudre !

— En effet, je m'en souviens. Son séjour là-bas l'a aidée, après son retour d'Angleterre. Elle y a pris un nouveau départ.

Laura approuva. Rentrer au pays n'avait pas été facile pour Marion. C'était admettre l'échec de son mariage, renoncer au retour de l'homme qu'elle avait aimé. Mais les

Cherokees, et surtout Huten, lui avaient redonné courage.

Jack retira ses chaussures et s'affala dans un fauteuil. Laura baissa les yeux. C'était le moment d'ouvrir son cœur.

— Grand-père..., commença-t-elle.

Elle fit une pause, puis elle se lança :

— J'ai quelque chose à te dire. J'aurais voulu que Ted soit là, mais il n'était pas libre ce soir, et je sens que je ne peux plus attendre.

Jack se redressa, alerté par le ton de sa petite-fille.

— Je t'écoute.

— Voilà. C'est à propos de Ted et moi...

— Eh bien ? l'encouragea Jack.

— On... on sort ensemble.

Grand-père lui sourit affectueusement.

— Et je suis le dernier à l'apprendre ?

— Oui..., avoua Laura dans un souffle. Ça ne changera rien, tu sais, pour le travail, la vie à Heartland. Ted a toujours été mon ami et...

— Et il n'y a aucune raison pour qu'il ne le soit plus, acheva Jack avec gravité.

— Tu crois ?

— Évidemment.

Laura se détendit. Grand-père était si compréhensif !

« Et voilà, c'est officiel », songea Laura le lendemain, en distribuant leurs rations d'eau et d'avoine à ses protégés.

C'était un beau matin de mars, mais elle ne songeait qu'à une chose : que diraient les autres, quand elle arriverait au collège ? Et comment Matt allait-il réagir ? D'accord, il était le petit copain d'Angela, mais, quelques mois plus tôt, il avait demandé à Laura de sortir avec lui. Serait-il jaloux ?

La jeune fille mit le seau sous le robinet. « Les gens adorent se mêler des histoires des autres, constata-t-elle. N'empêche, s'ils s'imaginent que je ne vais plus penser qu'à ma relation avec Ted, ils se trompent. J'ai d'autres chats à fouetter ! »

— À cet après-midi ! cria-t-elle à la cantonade quand elle eut fini son travail en filant vers le car scolaire.

Elle entendit Ted lui répondre du fond de l'écurie. Comme d'habitude, ils n'avaient pas eu le temps de bavarder cinq minutes.

Dans le car, elle s'assit à côté de Soraya.

— Alors, ce week-end chez les Indiens ? Raconte !

— Merveilleux ! Ces gens sont super-cool ! J'aimerais y retourner un jour pour travailler avec Huten.

L'idée lui trottait dans la tête depuis que le vieil Indien lui avait révélé la promesse de Marion. Elle résuma l'histoire à son amie.

— Pourquoi ta mère n'est-elle jamais retournée là-bas ? demanda celle-ci.

— Aucune idée, mais je donnerais cher pour le savoir. Ah, voilà Matt !

Le jeune homme monta dans le car. Il fit mine de chercher une place, avant de lâcher son sac sur un siège libre, devant les deux filles. Laura regretta aussitôt de ne pas avoir commencé par raconter l'épisode du supermarché à Soraya.

— Salut, jeta Matt froidement.

— Ça va ? Tu as passé un bon week-end ? s'enquit Soraya.

— Bof. Moins réussi que toi, Laura, à ce qu'on m'a dit...

Soraya dévisagea son amie, interloquée. Laura rougit et décida d'ignorer le sous-entendu.

— On est allées dans les Appalaches avec Lou.

— Pas seulement, objecta Matt. Il paraît que tu t'amusais bien au supermarché, avec un certain Ted...

Laura encaissa, le souffle coupé. Elle ne s'attendait pas à une attaque aussi directe !

— Et toi, tu as vu Angela, je parie ? répliqua-t-elle.

— Je croyais que les garçons ne t'intéressaient pas, siffla Matt sans répondre.

Laura se troubla. C'était l'excuse qu'elle lui avait donnée à Noël pour refuser de sortir avec lui !

— Je... j'ai changé d'avis, bafouilla-t-elle.

Matt se retourna rageusement.

— Qu'est-ce que c'est que cette histoire ? chuchota Soraya. Il a l'air furieux contre toi !

— Devine qui m'a vue embrasser Ted, hier, lâcha Laura.

Soraya réfléchit un moment puis comprit ce qui s'était passé.

— Non... Pas Angela, quand même ? demanda-t-elle en grimaçant.

— Eh si ! Miss Langue de Vipère elle-même !

— Ouh là ! Dans le genre pas de chance, tu as pris l'option grand luxe !

« Je n'ai pas choisi, songea Laura. Mais je ne vais pas laisser cette petite peste me gâcher la vie ! »

6

Soraya arrivait à toute vitesse sur son vélo.

— Du calme, Mercury, dit Laura.

Les deux amies avaient convenu d'une promenade avec John après les cours. « J'en profiterai pour monter Mercury », s'était dit Laura.

— Quelle allure ! s'exclama Soraya à la vue du superbe hongre. C'est lui, le nouveau ?

— Oui. Il a besoin de se défouler, un bon galop lui fera du bien, expliqua Laura. En plus, je voudrais convaincre John de s'occuper de lui.

Le garçon arrivait, menant Rainbow par

la bride. Il adressa un grand sourire à Soraya.

— Salut ! Tu montes qui ?

— Elle pourrait prendre Sovereign, proposa Laura. Il est déjà sellé.

— Ça me va. Je vais le chercher.

Bientôt, les trois cavaliers remontèrent la piste entre les arbres, en direction de la forêt. Mercury était impatient de galoper.

— Quelle énergie ! C'est une vraie bombe, observa Laura.

Elle lâcha un peu la bride à sa monture qui allongea l'allure. Rainbow l'imita. Les deux jeunes chevaux se mesurèrent un moment, encolures arrondies, chacun essayant de prendre l'avantage sur l'autre. Sovereign, lui, trottinait derrière, sans prendre part à la compétition.

Laura remit sa monture au pas.

— John, ça te dirait de prendre en main la rééducation de Mercury ?

— Et comment ! s'exclama le jeune homme, les yeux brillants. C'est exactement mon genre de cheval.

— C'est ce que je pensais, lança Laura. Mais je te préviens : il y a du travail !

Ils arrivaient sur un plateau. John lança Rainbow au galop. Le cheval décocha une ruade de plaisir, puis il accéléra, suivi de Mercury et, beaucoup plus loin, de Sovereign. Laura sentit avec bonheur l'ivresse de la course la prendre. Mercury allongea sa foulée et dépassa Rainbow.

Un tas de bois coupé se dressait un peu plus loin. Laura ralentit pour laisser John négocier l'obstacle. Le jeune homme prit le temps de remettre son cheval aux ordres.

— Laura, j'ai une idée ! suggéra-t-il. Si Mercury est comme Rainbow, c'est le moment de le faire sauter. Il est bien échauffé et à mon avis, l'obstacle naturel va l'attirer, surtout si Rainbow le franchit devant lui. Il n'aura qu'à le suivre, comme tout à l'heure.

Laura hésita. Ne pas brûler les étapes était une règle d'or à Heartland. Mais John n'avait pas tort : Mercury piaffait d'impatience.

— D'accord, répondit-elle. Je te suis.

Rainbow s'enleva avec style au-dessus de l'obstacle. Mercury ne le quittait pas des yeux. Laura lui caressa l'encolure. En quelques foulées de galop, il s'approcha à son tour du tas de bois. « Ça marche ! se dit Laura. Il va suivre Rainbow sans réfléchir. » Pourtant, au dernier moment, Mercury changea de direction, manquant d'éjecter sa cavalière !

Laura étouffa un cri. Elle avait perdu un étrier. Néanmoins, elle réussit à rester en selle.

— Ho ! fit-elle d'une voix apaisante.

Mercury secoua la tête. La robe trempée de sueur, il tremblait de tous ses membres. Brusquement, un oiseau s'envola d'un bosquet voisin. C'en était trop pour le cheval sur les nerf. Il se cabra et piqua un triple galop dans la direction opposée.

— Laura, attention ! hurla Soraya.

Trop tard ! Mercury emportait déjà la jeune fille vers les arbres. Elle essaya de ne pas paniquer en laissant le cheval aller, sans chercher à se battre avec lui. C'était le bon réflexe : à l'approche des premiers troncs, en effet, Mercury ralentit. Laura en profita aussitôt pour lui rappeler sa présence. Cette fois, le cheval l'écouta. Il prit le trot, puis s'arrêta, le souffle court. La jeune fille sauta à terre, les jambes en coton.

— Oh, Mercury ! murmura-t-elle en lui caressant le chanfrein. Pardonne-moi, tu n'étais pas prêt et je t'ai fait peur !

John et Soraya approchaient au petit galop, très inquiets.

— Ça va ? demanda John. Je suis tellement désolé...

— J'ai eu plus de peur que de mal, le rassura la jeune fille. Et ce n'est pas ta faute : j'ai cru comme toi que c'était une bonne idée. Tu n'y es pour rien.

Elle tapota l'encolure blanchie par l'écume. Quand le cheval fut calmé, les trois amis reprirent le chemin de Heartland. Laura sourit à John.

— Tu devrais le faire travailler à la longe, conseilla-t-elle. C'est le meilleur moyen de te familiariser avec lui. En quelques jours, tu connaîtras parfaitement ses réactions.

— Tu crois ?

— Oui ! Du moment que tu ne le bouscules pas !

De retour à l'écurie, Laura bouchonna longuement la robe trempée de Mercury. Puis elle lui massa le dos avec de petits mouvements circulaires, tout en lui parlant d'une voix calme. Elle éprouvait toujours le même plaisir à sentir les muscles se dénouer peu à peu sous ses doigts. « N'empêche que les progrès de la semaine sont perdus », songea-t-elle.

Lou apparut à la porte du box. Elle avait l'air contrariée. Depuis la chute de leur père, elle vivait dans la crainte d'un accident et n'avait jamais pu faire de cheval.

— Soraya m'a tout raconté, dit-elle d'un ton abrupt. Tu n'as rien eu ?

— Non, non... Ce n'est pas la première fois que je monte un cheval qui s'emballe ! Et ce ne sera sûrement pas la dernière...

— Quand même, quelle mouche a piqué Mercury ? reprit Lou.

— Il a eu peur, donc il s'est enfui. C'est une réaction naturelle. Il n'y avait pas vraiment de danger.

— J'espère..., murmura Lou.

Elle prit sur elle et ajouta :

— Je vais brosser Rosie. Tu veux m'apprendre à la masser ?

Laura sourit. Lou faisait des efforts louables pour aider à soigner les chevaux. Mais elle était encore loin d'avoir surmonté son anxiété...

7

Le lendemain, Laura chercha John dès son retour du collège. Elle l'aperçut au fond de l'écurie, où il commençait à nourrir les chevaux.

— Salut ! cria de loin la jeune fille. Tu as fait travailler Mercury ?

— Oui, une vingtaine de minutes environ. Il est très agréable à la longe.

— N'est-ce pas ? Et il t'a paru stressé ?

— Non, mais je ne lui ai pas présenté de barres.

Laura réfléchit.

— Bon, je vais le ressortir un peu, dans ce cas. Tu viens ?

— Je finis la distribution et je te rejoins.

Laura sella rapidement Mercury et gagna

le manège découvert. Elle entamait la détente au trot, quand John vint se percher sur la barrière.

Le jeune homme avait vu juste : le cheval semblait ne garder aucune trace de sa peur de la veille. Il trottait et galopait dans le calme, à droite puis à gauche. Laura mit pied à terre.

— Si tu l'essayais tout de suite, John ? proposa-t-elle.

Ravi, le palefrenier accepta. Laura le regarda évoluer avec sa monture. « Parfait, songea-t-elle, ils s'entendent à merveille. »

Ted vint se poster à ses côtés. John travailla le cheval sur des courbes : huit de chiffre, serpentines, cercles de plus en plus serrés. Cette fois, Laura crut percevoir un changement dans l'attitude du hongre. John boucla son dernier cercle et reprit la piste. Puis il redemanda au cheval de s'incurver. La tête de celui-ci se redressa, son dos se creusa : il n'y avait plus de doute, il résistait ! Son cavalier l'avait senti. Des rides de concentration creusèrent son front. Il tenta une volte dans l'autre sens. Mercury s'y opposa ouvertement. Il tenta d'arracher les rênes. John ferma les jambes et le poussa en avant.

Soudain, Laura eut une idée :

— John ! Il croit que tu le prépares à sauter ! Reviens sur des cercles plus larges ou reprends la piste !

Le cavalier obéit sans enthousiasme. Sa déception se lisait sur son visage. Mais, comme l'avait deviné Laura, Mercury se détendit aussitôt. John passa au pas et rejoignit ses amis à la barrière.

— Jamais je n'aurais cédé aussi facilement avec Rainbow ! s'énerva-t-il.

— Je sais, mais Mercury est un cheval traumatisé, expliqua Laura. Il se braque contre tout ce qui lui rappelle le saut. D'une certaine façon, c'est logique ! Pour aujourd'hui, mieux vaut le laisser tranquille.

Les trois jeunes gens reprirent le chemin de l'écurie.

— Ne sois pas fâché, John, tu n'y es pour rien, affirma Laura.

Brusquement, le visage calme du vieux Cherokee se présenta à sa mémoire. La plupart des chevaux obéissent de bon cœur, avait-il dit. S'ils refusent, c'est qu'ils ont une raison. « On connaît la raison du blocage de Mercury, songea la jeune fille. C'est déjà ça. Mais comment l'aider à s'en libérer ? »

8

— Ted ? appela doucement Laura en passant la tête dans la sellerie.

Elle venait de finir de dîner et son ami lui manquait.

— Je suis là.

Assis sur une caisse, le jeune homme était plongé dans la lecture de *La Vie des chevaux*. Il reposa son magazine et sourit à Laura. Celle-ci se sentit de nouveau mal à l'aise. Elle n'était pas encore habituée à cette nouvelle intimité. Il tendit le bras et l'attira vers lui pour l'embrasser.

— Ça va ? demanda-t-il.

— Maintenant, oui, plaisanta Laura. Et toi ?

— Pas mal. Sauf qu'on ne se voit jamais.

— On s'est occupés de Mercury ensemble, non ?

— Oui, mais ça, c'est le travail. Tu sais très bien ce que je veux dire.

Laura se troubla. Elle aimait tant travailler avec Ted ! Pour elle, c'était la base de leur relation. Elle y tenait comme à la prunelle de ses yeux.

— Peut-être, reprit-elle. Mais pour l'instant, on est ensemble, non ?

— Je sens une présence entre nous... Un cheval...

— C'est vrai, reconnut Laura. Je pense à Mercury.

Ted éclata de rire.

— Je le savais !

Son regard s'assombrit.

— Il ne progresse pas, hein ?

— Non, pas beaucoup, soupira Laura.

— Je pensais que John s'en tirerait mieux.

— Pourquoi tu dis ça ?

— J'ai l'impression qu'il prend Mercury pour Rainbow.

— Et alors ? Ce n'est pas ce qu'on voulait ?

— Pas exactement. John pousse beaucoup Rainbow. Ça va, parce que le cheval est en confiance, mais ce n'est pas le cas de Mercury. Il a besoin d'une main plus délicate. On n'est pas en train de le préparer pour le prochain concours !

Laura baissa la tête, pensive. Puis elle reprit :

— Comment savoir à l'avance ce qui va marcher ? Après tout, notre opinion n'est pas forcément la bonne. Mercury a autant de talent et de punch que Rainbow. Et John connaît bien ce genre de chevaux.

— Mmm... Moi, je me demande si on n'a pas tort de traiter Mercury en champion. Il n'en est plus là. Si on arrive à soigner sa phobie, ça sera déjà énorme.

— Comment oses-tu dire une chose pareille ? protesta Laura. Ses propriétaires nous l'ont confié dans le but de le remettre en concours. Si tu penses que c'est impossible, nous devons les prévenir !

Elle s'interrompit. Un cheval aussi puissant que Mercury, privé d'avenir ? L'idée la révolta.

— Non, insista-t-elle. Il a la compétition dans le sang. C'est un sauteur-né. Je sais qu'il faut d'abord lui redonner confiance, mais l'objectif est de l'aider à retrouver sa vraie nature.

Ted haussa les épaules. Puis il regarda Laura droit dans les yeux et lâcha :

— On fera le maximum, mais... je crois que sa carrière est finie.

Ce soir-là, Laura resta longtemps éveillée dans son lit, à contempler le plafond. Ted croyait-il pour de bon que Mercury n'avait aucun avenir ? Laura sentit le doute s'infiltrer en elle. Ces temps-ci, Ted et elle n'étaient plus d'accord sur rien : ni sur Mercury, ni sur leur propre histoire ! Le jeune homme semblait ravi de vivre leur relation au grand jour, alors que Laura avait l'impression d'étaler sa vie privée aux yeux de tous...

Elle repensa à Mercury. Son traumatisme l'avait-il à ce point changé ? Serait-il impossible de revenir en arrière ?

Laura s'assoupit. L'image d'Albatros

galopant sans bride, en parfaite harmonie avec Huten, lui apparut. Si elle pouvait demander son avis au Cherokee... Il aurait sûrement un point de vue différent... Il saurait quoi faire, lui...

9

On était jeudi, et Laura terminait ses soins aux chevaux avant d'aller dîner.

— Dis donc, il a l'air d'apprécier ! s'exclama John en observant Laura masser l'échine de Mercury.

— Tant qu'il est dans son box, il n'a aucun problème pour se détendre. Regarde, il va s'endormir, si ça continue...

Le cheval changea mollement de pied.

— Je ne comprends pas, dit John. Beaucoup de chevaux d'obstacles sont touchés aux antérieurs à l'entraînement. Ce n'est pas interdit, du moment qu'on utilise une badine de bambou pour ne pas leur faire mal. Ils croient juste avoir frôlé la barrière et la fois suivante, ils sautent plus haut. Il n'y a pas de quoi être traumatisé !

— À mon avis, le propriétaire de Mercury n'a pas utilisé une simple badine..., rétorqua Laura. Et puis, ce n'est pas seulement physique. C'est son désir de sauter qui a été brisé net.

— Un tel cheval ne perd jamais l'envie de sauter ! affirma John avec fougue. Le saut est inscrit dans ses gènes. Ça se voit comme le nez au milieu de la figure !

Laura se concentra sans rien dire. Au fond d'elle-même, elle était d'accord avec John. Mais elle repensait à la sombre prédiction de Ted, persuadé que le cheval ne concourrait plus. Lequel des deux avait raison ? La jeune fille se secoua. En tout cas, elle n'abandonnerait pas !

— On n'a qu'à refaire un essai demain, après mes cours. On verra bien.

— Entendu !

Laura le regarda s'en aller. Il voulait de toutes ses forces guérir Mercury. Quoi de plus naturel ? C'était le premier cheval qu'on lui confiait. Mais surtout, John ne supportait pas l'échec. Il s'était sorti d'une enfance difficile en se bagarrant. Remporter des victoires lui était devenu aussi vital que l'air qu'il respirait. À ses yeux, Mercury était un combat comme un autre...

— Ça ne marche pas ! cria Laura depuis la barrière. John, retourne au fond du manège.

Mercury venait de refuser de sauter une botte de paille. Il reculait au bout de sa longe, la tête haute, l'œil exorbité. John l'éloigna de l'obstacle, comme Laura le lui avait conseillé. Selon lui, Mercury avait peur des barres qui l'avaient blessé. Il devrait donc accepter de franchir un autre type d'obstacles ! L'idée consistait à dissocier barres et saut dans son esprit. Hélas ! elle s'était révélée sans effet.

— Fais-le travailler gentiment une dizaine de minutes, pour qu'il reste sur une impression positive ! suggéra Laura.

— D'accord, dit John d'un ton résigné.

Laura revint sur ses pas. John avait eu une bonne idée. Ce n'était pas sa faute si le déclic attendu ne s'était pas produit.

La voix de Ted la sortit de ses pensées.

— Tu peux m'aider à vider la remise ? Le toit fuit, il faut mettre les sacs à l'abri.

Laura hocha la tête et le suivit jusqu'au petit bâtiment.

— Alors, John s'occupe toujours de Mercury ? demanda le garçon.

— Oui, mais sans succès. C'est dur pour lui : il se croit responsable.

— Normal : il doit se tromper de méthode.

— Ted ! protesta Laura. On aurait procédé comme lui !

— Peut-être, mais pourquoi s'entêter ? Ça ne sert à rien de vouloir le faire sauter à tout prix.

— Qu'est-ce que tu proposes, alors ? Qu'on le laisse tourner à la longe pendant des jours ? sans rien tenter ?

— Parfaitement. Ça vaudra toujours mieux que d'essayer n'importe quoi !

— Merci du conseil ! On est bien avancés !

Pendant quelques minutes, les deux jeunes gens travaillèrent dans un silence tendu. Puis Laura soupira.

— Excuse-moi, murmura-t-elle.

Ted l'attira contre lui.

— Non, c'est moi, je me suis énervé.

— Tu sais, j'ai bien réfléchi. Je crois qu'on devrait demander conseil à Huten.

— Le Cherokee ? Pourquoi pas... Tu n'as qu'à lui téléphoner.

— S'il ne voit pas le cheval, ça ne servira pas à grand-chose... Non, je pensais conduire Mercury là-haut, à la réserve.

— Tu plaisantes ?

— D'accord, c'est un peu loin, avoua Laura. Mais Huten a un don pour aider les chevaux. Si quelqu'un peut se prononcer sur les chances de Mercury de ressauter, c'est lui.

Ted n'en croyait pas ses oreilles.

— Tu es folle, Laura ! Transporter un cheval en camion est une lourde responsabilité, et Mercury est assez inquiet comme ça ! Que vont penser ses propriétaires ? Tu te vois leur annoncer qu'on n'a pas trouvé de solution, à part l'emmener à la montagne chez une espèce de vieil illuminé ?

— Huten n'est pas un illuminé, objecta Laura.

— Je sais. Mais Gabriel et Bruce ne le

savent pas, eux. Ils auront l'impression qu'on est incapables de se débrouiller seuls. Tu parles d'une publicité !

Laura se rembrunit. Évidemment, l'aventure pouvait nuire à la réputation de Heartland.

— Et John, alors ? insista Ted. Son moral ne t'inquiète plus ?

La jeune fille tenta de dissimuler son embarras. Les objections de Ted se tenaient, mais Laura ne voulait pas renoncer.

— Il faut tout essayer, affirma-t-elle, tout ce qui peut aider Mercury. C'est la seule chose qui compte.

10

— Tu crois que je deviens folle, Soraya ? demanda Laura à son amie le lendemain, tandis qu'elles bavardaient devant la cafétéria. Une idée de voyage me trotte dans la tête depuis des jours, et je n'arrive pas à m'en débarrasser.

— Laisse-moi deviner. Tu veux aller chez les Cherokees.

— Gagné ! Tu as des dons de voyante, toi !

— C'était facile... tu en as tellement parlé à ton retour...

— Bien vu. Sauf que certains ne sont pas contents.

— Ted ?

— Bingo ! En réalité, c'est un peu dur

entre nous, en ce moment... On n'est pas d'accord sur la rééducation de Mercury. Et puis ça me gêne que tout le monde soit au courant de notre histoire.

— Pourquoi ? Vous êtes faits l'un pour l'autre !

— Peut-être, mais ça change beaucoup de choses. D'abord, Angela ne ratera pas l'occasion d'en profiter. Et, surtout, je me sens mal à l'aise. J'ai l'impression que les gens s'attendaient à ce qu'on se tienne sans arrêt par la main, ce genre de trucs...

Soraya se mit à rire.

— Jamais personne ne pensera ça ! Et même si c'était le cas, quelle importance ?

— C'est ce que dit Ted, mais je n'arrive pas à me raisonner.

Soraya fronça les sourcils. La détresse de son amie faisait peine à voir.

— Je pense qu'un séjour à la réserve te ferait du bien. Tu as besoin de prendre du recul. Tu en as parlé chez toi ?

— Pas encore. Il me faut l'accord de grand-père, évidemment. S'il refuse, ça réglera la question !

Le soir même, Laura décida d'emmener Sundance en balade. Elle voulait prendre le temps de réfléchir. Seule.

En passant devant le manège, elle aperçut John et Rainbow. Le jeune homme avait installé un parcours d'obstacles que son bel alezan avalait les uns après les autres, comme en jouant. Laura admira la maîtrise du cavalier. Soudain, la belle mécanique se grippa. John prit un tournant trop serré et envoya sa monture sur une série de deux obstacles rapprochés, sans lui laisser le temps de se caler. En déséquilibre, le cheval s'arrêta. Le jeune homme le remit en route et lui présenta de nouveau les barres.

Cette fois, Rainbow était crispé. Il redoutait l'obstacle qu'il n'avait pas réussi à franchir du premier coup. Il bondit en désordre, retomba de travers et ne parvint pas à sauter le deuxième élément de la combinaison.

Laura n'en revenait pas. Deux refus d'affilée ! Il y avait longtemps que John n'avait pas si mal monté. Furieux, le jeune homme tira violemment sur les rênes. Le cheval se défendit, mais son cavalier ne voulut pas céder.

— John, attention ! s'écria Laura, incapable de se retenir.

Le jeune homme leva la tête. Il avait les mâchoires serrées, le regard fixe. Sans répondre, il renvoya son cheval sur le double obstacle. Le vaillant alezan manqua son appel, ne put se rattraper dans l'intervalle et fit tomber la deuxième barre.

Cette fois, John n'insista pas. Le remords se lisait dans ses yeux : il savait qu'il était responsable de la faute de son cheval. Un dernier saut plus facile, pour terminer sur une note positive, et il mit pied à terre.

Soulagée, Laura s'éloigna. « C'est à cause de Mercury que John est aussi tendu, se dit-elle tout en trottant vers la forêt. Je dois aller voir Huten. C'est décidé : je vais en parler à Lou et grand-père. Pourvu qu'ils acceptent ! »

11

— Qui veut encore des œufs ? demanda Jack. Il en reste !

— Moi, s'il vous plaît ! répondit Ted.

Le dimanche matin, l'équipe se réunissait dans la cuisine pour un petit déjeuner de fête : œufs brouillés, bacon, crêpes et muffins.

Mais aujourd'hui, l'ambiance était moins gaie que d'habitude. John ouvrait à peine la bouche. Quant à Laura, elle se sentait toujours aussi gênée en présence des autres. En plus elle avait décidé d'évoquer son projet de voyage dans les Appalaches, et le sujet n'était pas facile à aborder. Elle grignota du bout des lèvres un muffin aux myrtilles, puis le reposa dans son assiette.

— Tu n'as pas faim ? s'étonna Lou. Ça ne va pas ?

— Si, si, répondit la jeune fille précipitamment.

Elle rassembla son courage.

— Mercury m'inquiète.

Ted et John échangèrent un regard.

— Il ne progresse pas ? demanda Jack.

— Non. Impossible de trouver la faille. John a eu de bonnes idées, mais... sans résultat. Alors j'ai pensé à Huten, le Cherokee.

— Huten ! répéta Lou. C'est cette histoire de promesse, qui t'inquiète ?

— Non, bien sûr que non. Je voudrais conduire Mercury à la réserve.

— Quoi ? s'écria Lou.

Laura regarda autour d'elle. John avait l'air choqué et Jack ouvrait des yeux ronds.

— Je sais ce que vous allez me dire, reprit Laura. C'est trop loin... trop dangereux... On en a déjà parlé avec Ted. Mais j'ai besoin de votre accord. Je suis certaine que maman aurait dit oui. Je vous en prie, c'est peut-être la seule chance de Mercury.

— Laura, dit Lou en soupirant, tu n'as

pas à tenir les promesses de maman. Elle avait sûrement ses raisons pour ne pas retourner là-bas...

— Mais ça n'a rien à voir ! s'énerva la jeune fille. C'est pour Mercury que je veux aller à la réserve. Huten saura communiquer avec lui, je le sens ! Une semaine ou deux lui suffira.

Pendant un moment, personne ne parla.

— Et les propriétaires du cheval, tu y as pensé ? s'informa Jack.

— Eh bien, il faudra les convaincre, répliqua Laura, mais je pense qu'ils comprendront.

Elle se tourna vers John. Le jeune homme avait cessé de manger, le visage défait. « J'aurais dû lui parler d'abord », regretta Laura.

Comme s'il lisait dans ses pensées, Ted demanda :

— À ton avis, John, ça vaut le coup ?

— Je ne sais pas, marmonna l'intéressé. Ce n'est pas à moi de me prononcer.

— Mercury souffre d'un grave blocage, et personne ici n'arrive à le débloquer, intervint Laura.

— Et qu'est-ce qui te prouve que Huten saura, lui ? lança Lou.

— Tu ne l'as pas vu sur Albatros ! Aucun cheval ne peut résister à un homme pareil. Grand-père, dis quelque chose !

— Nous n'avons jamais demandé l'aide d'un étranger, mais pourquoi pas..., murmura le vieil homme. Laisse-moi réfléchir un jour ou deux.

— Oh, merci, grand-père !

Laura regarda Ted. Son visage fermé exprimait son désaccord. Le cœur de la jeune fille se serra. Que se passait-il ? Elle avait horreur des disputes... surtout avec Ted !

Après le petit déjeuner, Laura aida Lou à débarrasser, puis elle décida de faire travailler Maddison à la longe. Dans l'écurie, elle croisa Ted qui finissait de curer les boxes. Il ne leva pas la tête à son approche.

— Tu es fâché ?

— Moi ? Quelle idée ! Tu ridiculises John en public et tu montres à tout le monde que nos discussions ne servent à rien. Je ne vois pas pourquoi je serais fâché !

— Ted, je sais que tu préférerais qu'on soigne Mercury à Heartland, mais...

— Mais de toute façon, c'est toi qui décides ! enchaîna Ted. Je croyais avoir mon mot à dire. Je me trompais. Mademoiselle Laura Fleming n'en fait qu'à sa tête !

— C'est faux ! se révolta Laura. Tu es jaloux parce que je passe plus de temps avec John et Mercury qu'avec toi ! Voilà la vérité !

Elle regretta aussitôt ses paroles. Trop tard. Ted souleva sa brouette et sortit sans un mot.

En fin de soirée, Laura entendit un coup léger frappé à la porte de sa chambre.

— Je te dérange ? fit la voix de grand-père.

La jeune fille posa son magazine et alla ouvrir. Elle s'était enfermée dans sa chambre après le dîner, le cœur gros depuis sa dispute avec Ted.

— Ça va, ma chérie ? demanda Jack.

— Ça ira.

— Bon. Tu descends boire un chocolat avec moi ?

Laura sourit. Comment résister à tant de gentillesse ?

— Je voulais te parler de Mercury, expliqua peu après son grand-père, tout en versant le lait dans la casserole. J'y ai longuement réfléchi cet après-midi, et je pense que tu as raison.

Laura en resta bouche bée.

— J'appellerai le collège demain, poursuivit le vieil homme. Je ne sais pas si la principale va accepter une aussi longue absence. Tu devras mettre les bouchées doubles pour rattraper. Et puis, il faut convaincre les propriétaires. S'ils donnent leur accord, tu pourras partir.

— Grand-père, tu es merveilleux ! s'écria Laura en lui sautant au cou. Merci du fond du cœur ! Je téléphonerai à Bruce et Gabriel demain après les cours, en rentrant du collège. Et ensuite, à Huten.

— Je te fais confiance. Ton instinct est sûr, Laura, comme celui de ta mère.

— Je croyais que tu dirais non, avoua

Laura. Tout va tellement de travers, en ce moment !

— Ça s'arrangera... On a tous des moments difficiles. Pense à ce que tu as déjà surmonté depuis un an.

— C'est vrai.

Lou entra dans la cuisine à cet instant.

— Grand-père veut bien que j'aille voir Huten ! annonça Laura.

La jeune femme sursauta.

— Ah ? Je suppose qu'il n'y a rien à ajouter, dans ce cas, lâcha-t-elle, visiblement étonnée.

12

Laura sortit du bureau de la principale et courut vers Soraya qui l'attendait au bout du couloir, dévorée de curiosité.

— Alors ? demanda la jeune fille.

— C'est d'accord ! À condition que j'emmène du travail. Et je n'ai droit qu'à une semaine.

— Ça suffira ?

— J'espère ! De toute manière, je ne peux pas laisser Heartland plus longtemps.

Son visage s'assombrit, à l'idée du surcroît de travail que Ted et John allaient devoir supporter.

— Ne t'inquiète pas, la rassura son amie. Je viendrai aider les garçons tous les jours, après les cours.

— Oh, Soraya, c'est *trop* sympa !

Soudain, un sourire amusé éclaira son visage.

— Dis donc, s'exclama-t-elle, j'en connais un qui ne va pas se plaindre !

— Ah bon ? fit la jeune fille d'un air détaché. À qui tu penses ?

— À un certain John, répondit Laura. Tu connais ?

Soraya rougit. John et elle se tournaient autour depuis des mois, sans oser se déclarer.

— Tu me raconteras tout à mon retour, promis ? insista Laura.

— Promis !

En fin d'après-midi, Laura composa le numéro de téléphone des Cherokees. Au bout de quelques sonneries, une voix de femme répondit.

— Barbara ?

— Elle-même.

— Bonjour, c'est Laura Fleming, de Heartland. Je suis venue vous voir le week-end dernier, avec ma sœur ? Pourrais-je parler à Huten ?

— Ne quittez pas.

Laura retint son souffle. Et si le vieil Indien refusait de l'accueillir ? Il ne restait plus que lui à convaincre. Les propriétaires de Mercury venaient d'accepter l'idée du voyage.

— Allô ?

— Huten ? C'est... la fille de Marion.

— Oui, Laura. Que puis-je pour toi ?

— Eh bien... j'aimerais vous montrer un de nos chevaux. En fait, je voudrais le rééduquer avec vous.

— Parle-moi un peu de lui, répondit le Cherokee.

Le cœur de Laura bondit. En quelques mots, elle décrivit le blocage de Mercury et leurs essais infructueux pour le soigner. Lorsqu'elle se tut, Huten demanda simplement :

— Quand comptes-tu venir ?

— Le plus vite possible. Sans doute samedi, pour une semaine.

— Je serai heureux de travailler avec toi, conclut l'Indien de sa voix mesurée. Sois prudente sur la route.

Laura raccrocha. Elle se sentit pousser

des ailes. Elle vola au salon, où grand-père et Lou regardaient la télévision.

— C'est arrangé ! exulta-t-elle. Huten m'attend !

— Bravo, la félicita Jack. Je te conduirai.

— Merci encore, grand-père !

Puis elle courut prévenir Ted, avant qu'il ne rentre chez lui. C'était la seule ombre au tableau : comment allait-il prendre la nouvelle ?

Le jeune homme montait dans sa camionnette. Laura le rattrapa et cogna à la fenêtre de la portière. Il baissa la vitre.

— Tu pars ? bredouilla Laura. Je voulais te dire que tout le monde est d'accord pour que j'aille à la réserve, samedi. J'y resterai une semaine.

— Ah, répondit Ted froidement.

— Soraya viendra donner un coup de main pendant mon absence.

— Formidable. À demain.

Il démarra. Laura recula. Elle aurait voulu ajouter quelque chose, mais la voiture s'éloignait déjà. Tête basse, la jeune fille regagna la maison.

13

Cette semaine-là, en plus des soins aux chevaux, Laura eut des devoirs par-dessus la tête. Tous les soirs, elle travailla jusqu'à minuit dans sa chambre, puis se leva le lendemain à six heures pour faire les boxes, préparer les rations, brosser ses pensionnaires. Ensuite, elle filait au collège sans prendre le temps de déjeuner.

Après les cours, elle se consacrait autant que possible à Mercury, afin de consolider leur relation avant le grand départ.

Elle était fatiguée. Le jeudi, comme elle sortait le cheval de son box, elle croisa John dans l'allée.

— Tu m'accompagnes ? proposa-t-elle.

Le jeune homme refusa.

Le cœur lourd, Laura se dirigea vers le manège. Mercury trouvait peu à peu son rythme. Quelques instants plus tard, une silhouette attira l'attention de la jeune fille. C'était Lou.

— Salut ! lança Laura. Tu voulais me parler ?

— Non, non... Je regardais juste. Il a l'air d'aller bien.

— Oui, de mieux en mieux. Tu veux essayer ?

— Moi ?

— Pourquoi pas ?

Lou fit la moue. Un mélange d'envie et d'appréhension se lisait dans ses yeux.

— Allez, viens..., l'encouragea Laura. Je suis sûre que tu as conservé de bons réflexes.

La jeune femme enjamba la barrière et s'empara de la longe que lui tendait sa sœur. D'un claquement de langue, elle commanda au cheval de prendre le pas, puis le trot. Mercury obéit. Bientôt, il décrivit un cercle parfait autour d'elle. Laura observa son aînée : les joues enflammées, elle se concentrait sur l'animal au travail. Après la visite de leur père, elle avait repris contact avec les chevaux, pour la première fois depuis son enfance. Mais il lui restait à se remettre en selle.

« Et si c'était le moment ? » se dit Laura.

— Lou, proposa-t-elle, ça te dirait de t'asseoir sur son dos ? Si tu veux, je le tiens. Juste pour retrouver la sensation...

La jeune femme pâlit. Elle réfléchit, puis secoua la tête.

— Au pas seulement..., insista Laura. Je suis là, tu n'as rien à craindre.

— Tu crois ? Bon, d'accord. Mais ne le lâche pas !

— Promis !

Aidée de sa cadette, Lou se jucha à cru sur Mercury. « Elle a toujours une assiette du tonnerre ! » constata aussitôt Laura.

Conduit par la bride, le cheval rejoignit la piste.

— Ça va ? Tu veux trotter ? demanda Laura.

— Je veux bien, dit Lou. Mais j'espère que je ne vais pas tomber.

— Ne t'inquiète pas ! Il est très doux, tu verras.

Laura se mit à courir à côté du cheval, qui accéléra. La cavalière suivait sans effort les mouvements du trot. Quand Laura s'arrêta, Lou se laissa glisser à terre, les larmes aux yeux.

— Merci, murmura-t-elle en serrant sa sœur dans ses bras. C'était fabuleux... Moi qui croyais ne jamais remonter !

Laura sourit. Le bonheur de Lou lui faisait chaud au cœur.

La jeune femme tapota l'encolure de Mercury et murmura :

— Tu te souviens de ce qu'a dit Huten sur la difficulté de reconnaître le moment de se lancer ? Eh bien, tu viens de t'en charger pour moi. Je n'aurais jamais osé, seule.

Elle s'interrompit, la mine grave.

— Bonne chance, à la réserve, ajouta-t-elle. Je penserai à toi.

Laura ne put répondre. Une boule s'était formée dans sa gorge.

Le vendredi soir, Laura se dépêcha de boucler sa valise : elle partait aux aurores, le lendemain, et n'avait pu souffler cinq minutes.

— Tu as vu Ted ? s'enquit Lou.

— Quelle heure est-il ? s'affola la jeune fille.

— Presque neuf heures et demie.

— Mince, je vais le manquer.

Laissant ses affaires en plan, elle fila dans la cour et appela :

— Ted !

Pas de réponse. Laura le trouva dans l'annexe, devant le box de Pirate.

— Je suis venue te dire au revoir, fit-elle gauchement. On n'aura pas le temps, demain matin.

Sans répondre, le jeune homme posa le sac de pansage qu'il tenait à la main et leva les yeux vers elle. Laura soutint son regard. Le silence se prolongea.

— J'espère que tu trouveras ce que tu cherches, lâcha-t-il.

— Merci. Et moi, j'espère que tout ira bien ici.

— On s'en sortira.

Il y eut un nouveau silence.

— Bon, je vais finir ma valise, dit Laura.

— À bientôt, alors.

— Oui. Salut.

La jeune fille tourna les talons et s'enfuit dans sa chambre. Des larmes coulaient sur ses joues. « Oh, Ted ! se lamenta-t-elle. C'est déjà fini entre nous ? Pourquoi ? »

14

Laura dormit affreusement mal. Aux premières lueurs de l'aube, elle se leva, pressée de prendre la route. Mais peu après le départ, elle s'assoupit et ne s'éveilla qu'à une demi-heure du campement des Cherokees. Jack conduisait tranquillement.

La jeune fille regarda par la vitre. Ils étaient déjà dans la montagne. Bientôt, une épaisse forêt apparut. « C'est la première fois que je vais vivre seule, loin de Heartland », songea Laura, un peu inquiète.

Elle ne pouvait plus compter que sur elle-même. Ted était devenu si froid... À cette pensée, le cœur de la jeune fille se serra. Ce qu'elle avait tant redouté arrivait : maintenant qu'ils sortaient ensemble, les choses se gâtaient. Leur complicité d'hier semblait si loin ! Mais comment revenir en arrière ?

Le camion s'engagea sur la piste en cahotant. Huten et Bill Rocher-Blanc attendaient les visiteurs dans la clairière. Le vieux Cherokee leva le bras en guise de bienvenue. Laura sauta à terre.

— Content de te revoir, déclara Huten.

Laura fit les présentations. Jack serra les mains des deux hommes, puis aida Bill à descendre Mercury.

Le cheval regarda les alentours avec intérêt. Quelques hennissements saluèrent son arrivée, auxquels il répondit avec entrain. Bill l'installa dans une vaste stalle tapissée de paille fraîche ; quelques instants plus tard, le nouveau venu tirait sur son foin comme un vieil habitué.

Le petit groupe remonta le chemin vers le bungalow, où Barbara les accueillit avec sa cordialité naturelle.

— Entrez vite ! La soupe est servie.

Une odeur délicieuse flottait dans la maison. Les arrivants s'attablèrent devant de grands bols fumants.

Une heure plus tard, grand-père se leva et prit congé. La jeune fille sentit son anxiété grimper d'un cran, tandis qu'elle le suivait jusqu'au camion.

— Fais attention à toi, lui dit Jack en l'embrassant.

— Promis.

— Et tiens-nous au courant.

Laura acquiesça de la tête, la gorge nouée. Elle agita le bras tandis que le camion manœuvrait. « Et voilà, j'y suis », songea-t-elle.

— Je vais te montrer ta chambre, annonça Barbara quand la jeune fille eut regagné le bungalow. C'est celle où tu dormais avec ta mère, la première fois.

La pièce était petite mais agréable, avec pour tout mobilier, un lit, une armoire et une commode peinte en bleu. La fenêtre donnait sur la forêt.

Laura ouvrit la croisée et respira l'odeur des pins qui poussaient derrière les bouleaux. Tout était calme, mais les arbres serrés les uns contre les autres lui parurent soudain menaçants. Elle sentit le doute l'envahir. « J'ai amené Mercury chez des gens que je connais à peine, à cinq cents kilomètres de chez moi... Et je vais devoir me débrouiller seule, sans ceux qui m'aiment et m'ont si bien soutenue depuis des mois... Comment ai-je pu croire que c'était une bonne idée ! »

Elle rangea ses affaires lentement, puis elle enfila son jean de travail et gagna l'écurie attenante au bungalow. Le vieil Indien curait les pieds d'une jument rouanne. En entendant la jeune fille approcher, il se redressa, passa de l'autre côté du cheval et poursuivit sa tâche sans un mot.

Sa besogne terminée, le Cherokee reconduisit la jument à son box. Laura lui emboîta le pas.

— Huten, vous pourriez jeter un œil à Mercury ? demanda-t-elle. Je voudrais vous expliquer comment on a procédé avec lui.

— Rien ne presse, répondit l'Indien. Installe-toi, d'abord. Détends-toi. Va faire un tour.

« Mais je n'ai qu'une semaine ! » eut

envie de crier Laura. Le regard placide du vieil homme l'arrêta. Huten sourit et s'éloigna en direction de la maison, sa haute silhouette voûtée par les ans.

Laura le suivit des yeux. « Détends-toi... » Facile à dire ! Elle avait un nœud à l'estomac. Et ça ne risquait pas de s'arranger, si elle restait les bras croisés toute la journée !

Elle contourna l'écurie et s'enfonça dans la forêt par un étroit sentier, que bordait un petit ruisseau. La jeune fille s'assit sur un rocher. Elle pensa à Ted en fixant le cours d'eau. « Tout ça est de ta faute..., murmura une voix dans sa conscience. Ted n'est pas responsable. C'est toi qui l'as repoussé. » Mais aussitôt, elle se révolta : « Je ne vais pas passer la semaine à penser à lui ! Ce n'est pas pour ça que je suis venue ! »

Elle se leva et revint lentement sur ses pas. En longeant l'écurie, elle jeta un œil dans le box de Maverick, le petit cheval osseux et apeuré qui avait conquis son cœur la dernière fois. Mais la stalle était vide.

Déçue, Laura alla saluer Mercury puis pensa que son grand-père devait être rentré à Heartland. Elle sortit son portable et composa d'une traite le numéro.

— Allô, Lou ? C'est moi. Grand-père est là ?

— Oui, depuis une demi-heure, environ. Il est monté se reposer. Et toi, ça va ?

— Ça va, répondit Laura d'une voix mal assurée.

La maison lui paraissait si loin, d'un coup !

— Il ne s'est encore rien passé, expliqua-t-elle.

— Attends un peu ! Tu viens à peine d'arriver !

— Je sais... Je voulais juste savoir pour grand-père. Alors, je te laisse.

— Sois patiente, insista Lou. Et n'oublie pas que je pense à toi, Laura.

— Merci, Lou.

Elle coupa la communication. Allait-elle appeler Ted ? Elle hésita... et puis, non. Elle ne saurait pas quoi lui dire. D'un geste décidé, elle éteignit l'appareil et le rangea dans sa poche. Au même instant, une ombre se profila à ses pieds. Laura leva les yeux. Caroline, la fille de Bill et Barbara, l'observait, la main en visière pour se protéger du soleil.

— Salut, dit Laura avec un grand sourire.

— Tu veux faire un tour ?

Laura accepta. Les deux jeunes filles traversèrent la cour et remontèrent le chemin qui menait à la petite carrière où Laura avait vu Huten monter Albatros sans harnachement.

— Tu aimes les chevaux, toi aussi ? demanda Laura.

— Pas autant que toi ! Je monte de temps en temps, comme tout le monde ici. Mais c'est pas mon truc. De toute manière, je pars l'année prochaine.

Laura était interloquée. Si elle avait eu un grand-père comme Huten, elle ne l'aurait jamais quitté !

— Et où vas-tu ? s'enquit-elle.

— À Boston. Ou peut-être à New York, je ne sais pas. Tout ce que je veux, c'est sortir de ce trou. Vivre en ville. Trouver un boulot.

Elle donna un coup de pied dans un caillou et partit d'un grand rire :

— La liberté ! Enfin !

Laura n'en revenait pas :

— Tu n'es pas libre ici ?

— Tu rigoles ? C'est pas la vraie liberté. Y a rien à faire dans le coin. Je sais, tu es venue voir grand-père parce qu'il s'y connaît, en chevaux. Mais si tu veux mon avis, on a plutôt intérêt à tourner le dos à ce genre de trucs du passé.

— Et l'histoire de ton peuple ? Tu ne peux pas tirer un trait dessus comme ça !

Caroline grimaça :

— Bon, d'accord, je suis cherokee. Donc, américaine ! Comme toi et des millions de gens ! Et je préfère penser à l'avenir. C'est le seul moyen d'être heureux ensemble. Ça ne sert à rien de regarder en arrière.

Laura réfléchit un instant à ces paroles.

— Et ces arbres magnifiques, cette montagne ? Vous avez un patrimoine exceptionnel.

Caroline cassa une brindille en morceaux qu'elle lança en l'air.

— C'est ce que disent tous les touristes, répliqua-t-elle.

Un pré s'étendait devant elles. Laura repéra Maverick, seul près de la barrière. À l'approche des jeunes filles, il leva la tête et cessa de mâcher. Laura tendit la main, mais le cheval s'enfuit au galop à l'autre bout du paddock.

— Comme il a l'air malheureux ! s'émut Laura.

— Bof, il est surtout d'une timidité maladive. On l'a trouvé sur une terre abandonnée, avec des chevaux retournés à l'état sauvage. Ils avaient à peine de quoi manger. Et comme Maverick était en bas de la hiérarchie, les autres l'empêchaient de brouter les rares touffes d'herbe... Il a failli mourir de faim.

— Et depuis, il a peur de tout, enchaîna Laura, y compris des hommes.

— Exactement. Les autres chevaux le sentent immédiatement. On ne peut pas le laisser paître avec le troupeau, il se ferait agresser comme avant.

« Pour quelqu'un qui ne s'intéresse pas à la question, elle en connaît un rayon », s'étonna Laura en regardant la jeune Indienne.

Elles observèrent un moment l'animal apeuré. Il se tenait toujours sur ses gardes. « J'aimerais tant m'occuper de lui », songea Laura. Mais ce n'était pas à elle de traiter les chevaux de Huten. Elle devait se consacrer à Mercury.

— Comment le soignez-vous ? demanda-t-elle.

— Ça, il faut demander à grand-père, répliqua Caroline d'un ton sec. Allez viens, maman a sûrement préparé un bon plat.

Pendant le dîner, Laura se sentit brusquement écrasée de fatigue. La journée avait été longue, sans parler de la semaine qui l'avait précédée. Elle mangea en silence, trop préoccupée pour prendre part à la conversation, et, dès qu'elle le put, monta dans sa chambre. Quelques instants plus tard, elle sombra dans un sommeil sans rêves.

15

La lumière réveilla Laura très tôt, le lendemain. Elle s'habilla rapidement et fila à l'écurie.

— Salut, champion ! dit-elle à Mercury en entrant dans son box.

Le cheval hennit doucement, les yeux brillants. La longue route de la veille ne l'avait pas affecté. Il huma les poches de Laura en quête de friandises.

— Tu as déjà trouvé tes marques, hein ? murmura la jeune fille. Plus vite que moi... On va travailler après le petit déjeuner, d'accord ?

Elle ressortit de la stalle. Comme Bill transportait des seaux d'eau, Laura proposa de l'aider. À son grand soulagement, l'homme accepta. Au moins, elle avait trouvé à s'occuper, même si ce n'était pas le but de sa visite ! « Peut-être que Huten me parlera de Mercury à table », se dit-elle.

Mais quand elle entra dans la cuisine avec Bill, le vieil Indien n'était pas là.

— Installez-vous, lança Barbara en leur versant une tasse de café. Huten a déjà mangé et Caro fait la grasse matinée. Qu'est-ce que tu préfères, Laura : des muffins ou des crêpes ?

« Je vais devoir me débrouiller seule, comprit Laura. Huten ne viendra pas me prendre par la main. »

Elle mangea lentement ses délicieux muffins, puis remercia Barbara et s'en fut seller Mercury. La carrière était déserte. Laura commença la détente sans se presser. Alors qu'elle lui demandait le galop, elle vit Huten approcher.

— Vas-y, Mercury, chuchota-t-elle, on nous regarde.

Le cheval comprit le message, se grandit aussitôt. Laura sourit : il avait le sens du spectacle !

Au bout de quelques tours, elle entendit Huten l'appeler. Elle remit sa monture au pas et s'avança vers la barrière.

— Ça suffit pour aujourd'hui, dit le Cherokee.

— Mais je viens à peine de finir la détente ! protesta Laura.

— Mène-le au pré, là-bas, qu'il profite du soleil avec les autres.

N'y comprenant rien, Laura mit pied à terre.

— Il travaille sans problème, sauf à l'obstacle, expliqua-t-elle. Vous avez vu comme il fait le beau ? Il a dû adorer sauter, au début. J'essaie de lui redonner le goût de passer des barres, mais je n'y arrive pas.

Huten hocha la tête en silence. Laura espéra un commentaire, un avis sur son approche ou sa manière de monter.

— Un peu de liberté lui fera du bien, lâcha le vieil homme.

La jeune fille en resta sans voix. Qu'est-ce que le pré avait à voir avec le blocage de Mercury à l'obstacle ? Elle ne trouvait aucun sens aux paroles de l'Indien.

Trois chevaux broutaient déjà l'herbe tendre. Dès que Laura ouvrit la barrière, Mercury tendit le nez avec impatience. La jeune fille le libéra. Aussitôt, le cheval se défoula d'une ruade joyeuse et rejoignit ses congénères au galop, avec un cri aigu. Laura envia son insouciance. Des larmes lui brûlèrent les yeux. Elle se sentait si seule loin de Heartland, et son séjour virait au cauchemar !

Au début de l'après-midi, Laura s'attaqua à ses devoirs. Malgré sa bonne volonté, elle ne parvint pas à bien se concentrer. Après deux heures d'effort, elle retourna dehors. Peut-être Bill lui trouverait-il une occupation ? Elle alla lui proposer son aide.

— Merci, dit le Cherokee, mais c'est plutôt calme, en ce moment. Profites-en pour prendre l'air !

— Je préférerais brosser un cheval, s'obstina Laura. Montrez-moi ceux qui en ont besoin et je ne vous embêterai plus.

— Comme tu veux.

Il lui indiqua Ambre, une jument alezane, et Champi, la rouanne dont s'occupait Huten la veille. « Prendre l'air ! maugréa Laura en se mettant à la tâche. À la maison, je n'ai jamais le temps de me poser, mais, au moins, je sais ce que j'ai à faire ! »

Elle étrilla Champi avec vigueur, soulevant un nuage de poussière. Peu à peu, le travail l'apaisa. Quand la jument fut propre comme un sou neuf, elle lui offrit quelques minutes de massage, puis se dépêcha de panser Ambre. Le soir tombait.

— À table ! cria Barbara.

Laura regagna la maison, le cœur lourd.

Caroline était vautrée sur le canapé, le nez dans un livre. À la vue de Laura, elle se redressa en bâillant.

— Passé une bonne journée ? demanda-t-elle.

Laura faillit répondre : « Non, j'ai passé une horrible journée, je ne sais pas ce que je fiche ici et je perds mon temps ! » Au lieu de quoi, elle fit oui de la tête et suivit la jeune Cherokee dans la cuisine.

— J'espère que vous avez faim, annonça Barbara. J'étais en ville cet après-midi et j'ai acheté des pizzas géantes.

— Maman travaille à mi-temps, dit Caroline. Elle s'occupe d'un office de logements sociaux. Le genre de truc qui n'intéresse pas les touristes.

Apparemment, Caroline supportait mal de voir son peuple transformé en attraction touristique, et elle n'hésitait pas à le rappeler.

— On ne peut forcer personne à ouvrir les yeux, commenta Huten.

Le lendemain, après le petit déjeuner, Laura trouva Huten devant la porte du bungalow. Le vieil homme semblait l'attendre.

— On va faire un tour, annonça-t-il.

— Ah ? Je vais seller Mercury.

— Non, non. À pied.

Laura commençait à savoir qu'il était inutile de chercher à comprendre les décisions du Cherokee.

— Très bien. Où allons-nous ?

— Au village.

Huten s'engagea dans un chemin qui descendait vers la vallée. Laura le suivit.

L'air sentait bon, des brindilles craquaient sous leurs pas.

Au bout d'une petite heure, ils débouchèrent sur une large piste menant à une sorte de petit village. Au-delà des bâtiments commençait une route goudronnée.

Le village était beaucoup plus animé qu'il n'y paraissait, vu de la montagne. Laura avisa deux voitures de location conduites sans doute par des touristes, et quelques promeneurs munis d'appareils photos. Plusieurs boutiques d'artisanat et de souvenirs s'alignaient dans la rue principale. La jeune fille admira au passage quantité de paniers, poteries et objets de bois sculpté. Des Cherokees en costume traditionnel expliquaient aux visiteurs leurs traditions. Laura aurait voulu s'arrêter, mais Huten l'entraîna à l'écart, vers un petit atelier situé au bout du village.

À l'intérieur, un Indien au visage sillonné de rides fabriquait à même le sol un panier. Il salua Huten d'un bref signe de tête, sans cesser d'entrecroiser les longs brins d'osier. Le vieux Cherokee s'assit en tailleur à côté de lui et fit signe à Laura de l'imiter.

Pendant vingt minutes, ils observèrent en silence le lent travail du vannier. Puis Huten attrapa un panier achevé, derrière eux. Il regarda Laura, dont la curiosité était manifeste, et sourit lentement.

— Quand le vannier travaille, à quoi pense-t-il ? demanda-t-il. À l'osier ou au panier ?

Laura reporta son regard sur les mains de l'artisan. D'un geste habile, il forma une boucle avec un brin, glissa le suivant dedans et serra. « Il doit avoir l'image de l'objet à réaliser en tête », pensa la jeune fille. Elle se retourna vers Huten.

— Au panier, répondit-elle.

— Mmm... je vois pourquoi tu as dit ça, remarqua le vieil Indien.

Il se tut. Laura avait-elle donné la bonne réponse ? En tout cas, la leçon était terminée.

Huten la conduisit ensuite sur un promontoire, au-dessus du village. On voyait l'ensemble des constructions avec, au centre, les touristes agglutinés près des échoppes ou occupés à se prendre en photo. Laura se souvint des paroles de Caroline. Le village vivait de l'argent des touristes. Seuls quelques anciens, comme Huten ou le vieux vannier, menaient encore la vie d'autrefois. Les plus jeunes étaient des Américains comme les autres. Laura se sentit touchée par la confiance du vieil Indien, qui avait tenu à lui montrer une autre facette de son peuple. Elle eut l'impression d'avoir entrevu un trésor caché. Mais, au fond d'elle-même, elle continuait à se demander : « Et Mercury, dans tout ça ? »

Huten reprit le chemin de la montagne. Le soleil était haut maintenant, et Laura transpira bientôt à grosses gouttes. Le vieil homme ne semblait pas souffrir de la chaleur. Il montait d'un pas égal et rejoignit sans mot dire son bungalow dans les bois.

Laura, assoiffée, se réfugia à la cuisine. Elle y trouva Barbara et Caroline qui conversaient en cherokee. Dès que la jeune fille entra, les deux Indiennes se remirent à parler anglais.

— Ne vous gênez pas pour moi ! protesta

Laura. J'adore vous entendre parler cherokee.

— Pas question, se récria Barbara. C'est mal élevé !

— S'il vous plaît... Je voulais juste un verre d'eau.

Tandis qu'elle se servait, Barbara s'adressa de nouveau à sa fille en cherokee. Laura s'assit à côté d'elles, fascinée. Caroline discutait avec animation. « C'est curieux, songea Laura. Elle ne pense qu'à partir et pourtant, elle paraît tellement plus elle-même quand elle parle la langue de son peuple... »

Il y avait là un mystère que la jeune fille comptait bien éclaircir.

16

Plus tard dans l'après-midi, Laura retourna voir Mercury. Comme Bill menait Ambre sur le chemin de la carrière, la jeune fille décida de monter le cheval dans les bois. Elle chercha Huten, qui lui indiqua un itinéraire de promenade.

Bientôt, la cavalière se retrouva entourée d'arbres. Mercury marchait d'un bon pas, les oreilles pointées en avant, manifestement ravi d'explorer ce nouveau territoire. « Au moins, il est heureux », se dit Laura.

À cette idée, son cœur se serra. Ils n'étaient pas en vacances et surtout, elle n'avait aucune idée de la marche à suivre. Dire qu'elle n'avait toujours pas abordé les difficultés de Mercury ! Que penserait Ted s'il la voyait... Et Lou... Grand-père... Jamais Laura n'aurait cru souffrir autant de leur absence.

Quand elle sortit de sa rêverie, les ombres s'allongeaient. Mercury parvint à un embranchement. « Prends le deuxième sentier à droite, après le poteau indicateur, avait dit Huten. C'est un raccourci. » Laura regarda autour d'elle. Pas trace de poteau. L'avait-elle manqué ?

Elle voyait une autre fourche, au bout du chemin de droite. Était-ce le deuxième sentier ? La lumière déclinait. Laura décida de tenter sa chance.

Elle prit à droite à l'intersection, puis bifurqua de nouveau au croisement suivant et poussa son cheval au trot.

Mais le chemin sembla revenir en arrière. Laura arrêta Mercury. Elle tournait en rond ! Le soleil avait disparu, il ferait complètement noir dans un quart d'heure. La gorge sèche, Laura repartit. Le sentier grimpait vers le sommet de la montagne, alors que l'écurie ne pouvait se trouver qu'en contrebas. Inutile de se le cacher plus longtemps : elle était perdue !

— Il y a quelqu'un ? lança Laura dans le crépuscule.

Pas de réponse.

— Hou hou ! cria-t-elle.

La peur faisait trembler sa voix. L'obscurité étendait son manteau de velours sur les bois, devenus étrangement silencieux. Laura arrêta de nouveau Mercury et tendit l'oreille. Si elle s'était engagée dans la mauvaise direction, continuer serait une folie. Devait-elle revenir sur ses pas ? Mais elle en aurait pour des heures et risquait de se tromper dans le noir. Indécise, elle scrutait la pénombre. Mercury souffla par les naseaux, les oreilles aux aguets.

Soudain, Laura pensa à Star, l'un des pensionnaires de Heartland : elle s'était perdue avec lui, dans la forêt, et le cheval l'avait ramenée à l'écurie. Mercury serait-il capable de retrouver son chemin ? Il connaissait mal l'endroit, et ils avaient bifurqué plusieurs fois... Mais ses sens étaient bien plus développés que ceux de Laura : il pouvait se guider à des bruits infimes, à mille odeurs que la jeune fille ne percevait pas.

De toute façon, elle n'avait pas le choix. Elle laissa les rênes sur l'encolure et serra les jambes. Sans hésiter, le cheval reprit le sentier qu'ils suivaient depuis près de trois quarts d'heure. Les oreilles pointées, il savait parfaitement où il allait, aussi incroyable que cela paraisse.

Comme il pressait le pas, Laura eut une idée : et si Huten l'avait envoyée exprès sur ce sentier ? Si toute son attitude depuis le début faisait partie de sa méthode ? Il avait parlé de laisser les choses suivre leur cours et se révéler d'elles-mêmes... Pensait-il à Mercury ?

Un petit vent frais la tira de ses pensées. Huten voulait peut-être lui transmettre un message, mais en attendant, elle était dans de beaux draps. Les arbres semblaient se resserrer autour d'elle, la nuit devenir menaçante. Laura ferma les yeux. « Pas de panique », se dit-elle en constatant que le chemin redescendait vers la vallée.

Soudain, elle crut entendre un bruit. Elle tira sur les rênes, le cœur battant. Rien. Silence complet. Mercury repartit, toujours aussi sûr de lui. Enfin, Laura aperçut une lueur. Elle tendit le cou. Oui ! C'était bien l'écurie, avec les lumières du bungalow en contrebas...

— On est sauvés ! souffla la jeune fille.

À sa grande surprise, personne ne les attendait. Laura mit pied à terre et rentra Mercury dans son box. Comme elle le dessellait, elle sentit ses jambes se dérober sous elle. Elle s'appuya contre l'épaule rassurante du cheval. « J'ai eu si peur ! pensa-t-elle. Si ça s'était produit à Heartland, on serait depuis longtemps parti à ma recherche. » Un sanglot lui échappa. Brusquement, un bruit attira son attention.

Huten l'observait, un sourire aux lèvres.

— Te voilà, dit-il.

Laura le fusilla du regard. Une bouffée de colère l'empêcha de parler. Le vieux Cherokee s'éloigna, la laissant seule avec Mercury.

« Comment peut-il être aussi froid ? ragea Laura. Je n'ai pas fait tout ce chemin pour être livrée à moi-même, encore moins mise en danger ! Maman s'est trompée, il n'y a rien à apprendre ici. D'ailleurs, elle n'avait pas toujours raison, je m'en rends compte de plus en plus. J'aurais dû écouter Ted... »

Elle rentra au bungalow. Personne n'avait encore dîné. En réalité, ils l'avaient attendue ! Mais nul ne fit allusion à son retard, ni à sa longue chevauchée solitaire dans le noir... Barbara lui sourit, comme si de rien n'était, tandis que Bill et Huten prenaient place devant leurs assiettes. Seule Caroline lui adressa un regard compréhensif.

Malgré la révolte qui grondait en elle, la jeune fille ne dit mot et vida son assiette la tête basse.

Le dîner fini, elle s'enferma dans sa chambre et composa le numéro de Ted sur son portable. Il fallait qu'elle lui parle ! La sonnerie retentit longtemps, avant que la voix familière ne retentisse à son oreille.

— Ted ! C'est moi...

— Laura ! Comme c'est bon de t'entendre ! Ça va ? Et Mercury ?

Laura se sentit submergée de honte. Les mots se bousculèrent :

— Je ne sais pas ce qui se passe, Ted. Je

n'aurais pas dû venir, tout est absurde, on n'a même pas fait travailler Mercury... et Huten ouvre à peine la bouche !

Elle lui raconta sa mésaventure de la soirée, et ajouta :

— On aurait dit qu'ils savaient que je me perdrais... Tu me manques, Ted ! Je m'en veux, j'ai été trop dure avec toi, et tellement entêtée au sujet de Mercury...

Sa voix se brisa. Il y eut un long silence au bout du fil. Laura attendit, le cœur serré. Ted allait-il répondre : « Je t'avais prévenue, débrouille-toi maintenant » comme il était en droit de le faire ?

Quand le jeune homme parla, sa voix était pleine de tendresse :

— Ne sois pas si sévère avec toi-même, Laura. Ne t'inquiète pas, je te comprends... Je crois que tu as eu raison de partir. Tu y verras plus clair à la fin de la semaine. Ça m'étonnerait que vous vous soyez trompées toutes les deux sur Huten, ta mère et toi...

Laura respira. Elle pouvait toujours compter sur Ted !

Laura éteignit peu après son téléphone, le cœur gonflé du bonheur d'avoir renoué avec Ted. Mais ça n'enlevait rien à l'impression étrange qu'elle éprouvait ici. Attrapant son manteau, elle sortit dans la nuit froide et étoilée.

17

Laura marcha vers l'écurie. Les chevaux sortirent la tête pour l'accueillir, à l'exception de Maverick, qui resta terré au fond de sa stalle. Laura éprouva un vif désir de gagner sa confiance. Elle posa la main sur le loquet.

— J'étais sûre de te trouver là, fit la voix de Caroline.

Laura se retourna. Elle sourit à la jeune Indienne.

— J'avais besoin de prendre l'air, reconnut-elle.

— Ça a été dur, hein ? Tu paraissais secouée tout à l'heure.

— Oui, admit Laura. J'ai eu une frousse bleue dans la forêt.

Caroline eut un petit rire.

— Grand-père a parfois de drôles de méthodes...

— Comment ça ? Je me suis perdue et personne n'a eu l'air de s'en soucier.

— On ne peut pas se perdre, dans ce coin-là ou pas longtemps. Tous les sentiers redescendent au bungalow.

— Alors, pourquoi Huten m'a-t-il indiqué un chemin ?

— Parce que tu le lui as demandé, sans doute.

— Ses indications ne rimaient à rien !

— Il savait que tu rentrerais saine et sauve.

— Mouais, bien sûr, bougonna Laura.

Caroline reporta son regard sur Maverick, toujours réfugié au fond de son box.

— Va le voir, dit-elle soudain à Laura. Tu allais le faire quand je t'ai parlé.

Laura hésita, puis tira doucement le loquet. Elle avança dans la stalle, suivie de Caroline. Le cheval renâcla et se serra un peu plus contre le mur. Laura tendit le bras avec précautions.

— Viens, petit, chuchota-t-elle. N'aie pas peur.

Maverick allongea le cou et renifla la main tendue.

— Il commence à nous accepter, commenta Caroline. Au début, nous ne pouvions même pas entrer dans son box.

Laura leva sur elle un regard surpris. Comment ça, « nous » ? Caroline s'intéressait aux chevaux, elle aussi ? Dès que la jeune Indienne s'approcha du cheval, Laura comprit qu'ils se connaissaient bien, car Maverick se détendit un peu. Caroline posa la main sur son encolure, puis elle commença à le masser par petits gestes circulaires, en remontant progressivement jusqu'aux oreilles.

— Tu pratiques aussi les massages ? lâcha Laura dans un souffle.

— Les quoi ? J'ai toujours rassuré les chevaux de cette façon, appelle ça comme tu veux.

Laura était profondément impressionnée : le cheval meurtri se décontractait à vue d'œil.

— Quelque chose m'échappe, dit soudain Laura. Pourquoi veux-tu te couper de tes racines, alors que tu as ta place ici ? Regarde-toi : tu as le sens des chevaux, c'est évident, et je suis sûre que tu saisis parfaitement le travail de ton grand-père.

— Et alors ? Ça ne change rien. Je n'ai pas envie de cette vie-là, c'est tout.

— Mmm... Parfois, on ne se rend pas compte de ce qu'on a jusqu'à ce qu'on le perde. Je donnerais tout pour retrouver ma mère, mais c'est impossible. Depuis sa mort, je me rends compte combien nous étions heureuses ensemble, à Heartland.

— Je vois ce que tu veux dire. C'est pour ça que tant de Cherokees vivent dans le passé : ils ont peur d'oublier ce qu'était notre peuple. Moi, je préfère l'avenir.

— Pourquoi choisir l'un ou l'autre ? On peut avancer sans renoncer au passé.

Maverick, conquis, avait posé son museau sur l'épaule de Caroline. La jeune Indienne recula et croisa les bras sur sa poitrine.

— Tu as sans doute raison, admit-elle. Au moins pour grand-père. Je sais où il veut t'emmener, c'est vrai.

— Où ? demanda Laura. Dis-le-moi !

— Oh, tu le sauras bien assez tôt !

Le lendemain, au petit déjeuner, Huten proposa une nouvelle excursion à Laura.

Il marchait de son pas souple et régulier devant la jeune fille, qui peinait à suivre le rythme.

Une brindille craqua sous la botte de Laura, brisant le silence de la forêt. La rosée scintillait sur les toiles d'araignée tendues entre les branches.

Laura se sentait mieux que la veille. Les encouragements de Ted l'avaient remise sur pied. Et sa discussion avec Caroline lui avait fait du bien, aussi. Les méthodes de Huten avaient peut-être du bon !

Laura perçut un bruit d'eau. Quelques instants plus tard, les promeneurs arrivèrent devant un torrent. Huten remonta la berge jusqu'à une pierre plate surplombant le cours d'eau. Toujours sans mot dire, il s'y accroupit. Laura s'assit à ses côtés et, comme lui, regarda les rapides en bas.

Le vieil homme prit la parole :

— Le torrent ne sait pas d'où il vient. Ni où il va.

Laura hocha la tête en silence.

— L'homme aimerait connaître ses origines et le bout du chemin, reprit le Cherokee. Mais la nature a ses raisons qui nous échappent.

Laura perçut l'éclat d'argent d'une truite gobant une mouche à la surface. Huten sourit.

— Un jour, peut-être, le torrent se retournera et coulera dans l'autre sens...

Laura sourit à son tour. Puis le Cherokee se redressa sans crier gare et s'enfonça dans la forêt. Prise au dépourvu, la jeune fille se releva maladroitement, trébucha. Le temps que Laura reprenne son équilibre, le vieil homme avait disparu entre les arbres.

Laura retourna s'asseoir sur le rocher. Elle commençait à s'habituer aux bizarreries du vieil Indien. Il souhaitait sans doute qu'elle reste là un moment, à méditer, avant de retrouver seule le chemin de la maison. Elle songea aux paroles de Caroline : « Je sais où grand-père veut t'emmener. » En fait, Huten n'ignorait pas du tout

Mercury. Il traitait le problème à sa manière : à travers Laura. Décidément, cette semaine entraînait la jeune fille beaucoup plus loin qu'elle ne l'aurait cru...

La jeune fille réfléchit à leur excursion au village. Elle revit les mains du vannier, ses gestes méthodiques. Soudain, elle comprit : il se concentrait sur chaque brin d'osier, l'un après l'autre, et non sur le panier à fabriquer ! Les morceaux du puzzle prenaient place... De même, parce que Mercury avait un tempérament de champion, Laura n'avait eu qu'une image en tête : celle du cheval s'envolant par-dessus les barres sous les applaudissements de la foule. Elle fixa le torrent. « L'eau ne sait pas où elle court », avait dit Huten.

John et Laura savaient que Mercury avait la compétition dans le sang. Mais le cheval l'ignorait, lui.

Laura se releva. Grâce aux paroles de Caroline, elle n'avait plus peur de s'égarer. Elle laissa donc son instinct la guider. Çà et là, elle repéra des indices de son passage : des brindilles brisées, une empreinte de pas dans le sol meuble de la forêt.

Comme Mercury était sûr de lui, la veille, quand elle l'avait laissé rentrer tout seul ! « Le deuxième sentier... » Laura sourit. C'était bien une deuxième voie qu'il fallait emprunter pour sortir de l'impasse : le cheval devait redécouvrir le saut à sa façon, pas d'une manière imposée de l'extérieur !

18

Laura arriva au bungalow plus vite qu'elle ne l'aurait cru. Elle chercha aussitôt Huten pour lui parler. Elle le trouva dans la carrière, avec Maverick. Le vieil Indien avait déjà gagné la confiance du petit mustang et le préparait à porter un cavalier. Cette fois encore, nulle bride ne lui fut nécessaire.

Il posa la main sur le dos du cheval et appuya doucement. Surpris, Maverick l'interrogea du regard. Alors Huten entoura le large flanc de son bras et serra plus fort. Le cheval ne broncha pas. Bientôt, l'homme put peser de tout son poids sur le dos de Maverick, sans que celui-ci tente de s'écarter. C'était gagné.

Huten se redressa et s'approcha de Laura, à la barrière.

— Ça va ? demanda-t-il en ouvrant la porte.

— Super ! J'ai compris ce que vous vouliez me dire, à propos du panier, du torrent et tout ça... Et aussi, comment trouver mon chemin dans la forêt et faire travailler Mercury et...

Elle s'interrompit.

— Merci, dit-elle simplement.

— Allez, viens, lança Laura à Mercury, un peu plus tard. On va essayer autre chose.

Elle le sella, l'enfourcha et le conduisit à la carrière, où elle avait installé quelques obstacles dans un coin. Comme à son habitude, Mercury leur jeta un regard méfiant, mais Laura n'en tint pas compte, se contentant de l'échauffer à l'autre bout du manège. Puis elle le fit passer entre les obstacles. Aussitôt, le cheval se raidit. Laura l'arrêta près d'une barre, lâcha les rênes et patienta, immobile sur sa selle.

D'abord, Mercury resta figé sur place, comme s'il attendait un ordre de sa cavalière. Ne sentant rien venir, il regarda autour de lui.

— Tout va bien, murmura Laura. À toi de décider.

Le cheval était perplexe. Il allongea l'encolure, renifla le sol... puis avança de quelques pas et tendit le cou pour flairer la barre. Quand son nez la toucha, il tressaillit de la tête à la queue et recula. Laura lui flatta l'encolure.

— N'aie pas peur, souffla-t-elle.

Mercury huma de nouveau l'obstacle, avec plus de curiosité que de crainte. Ses naseaux parcoururent la longue barre de bois, puis il parut s'en désintéresser. Il fit demi-tour et gagna le fond de la carrière.

Laura le complimenta d'une caresse. Allait-il enfin se réconcilier avec son passé ? Pleine d'espoir, elle rajusta ses rênes et le ramena à l'écurie.

Le lendemain matin, Laura observa longuement Huten et Maverick. Le demi-mustang, désormais convaincu que le vieux Cherokee ne lui ferait pas de mal, se livrait chaque jour un peu plus. Il recherchait maintenant la compagnie de l'homme. Porter celui-ci sur son dos lui était devenu naturel.

« C'est ça ! se dit soudain Laura. Je vais demander à Mercury de choisir : soit il saute, soit je le prive de ma compagnie ! »

Dès que la carrière fut libre, la jeune fille disposa une rangée de barres dans la largeur, en laissant celle du milieu dressée contre le chandelier pour ménager un passage. Puis elle fila chercher Mercury et le libéra dans le manège.

Comme la veille, le cheval observa d'abord les obstacles et s'en éloigna au grand trot, avant de s'arrêter au fond de la carrière. Cette fois, Laura marcha vers lui d'un pas décidé, les bras levés. « Pas question de t'arrêter aussi facilement », voulait-elle lui dire.

Mercury décocha une ruade et prit le galop en évitant les barres. Puis il ralentit. De nouveau, Laura le renvoya en avant. Après quelques minutes de ce petit jeu, le cheval donna les signes que la jeune fille attendait : il pointa une oreille vers elle, baissa la tête et se mit à mâcher dans le vide. « Arrête de me chasser ! Je veux rester avec toi », suppliait-il à sa façon.

Laura était toujours émue à ce stade : elle avait l'impression d'un miracle. Elle laissa retomber ses bras et tourna le dos au cheval. Elle l'entendit s'arrêter. Il sembla hésiter. Puis il s'approcha et souffla sur les cheveux de la jeune fille. Laura pivota sur elle-même, émue.

— Bien... murmura-t-elle en caressant les naseaux frémissants. Mais ce n'est pas fini. Le plus difficile reste à faire.

Elle reprit son attitude agressive. Le cheval s'écarta d'elle vivement, aussi déconcerté qu'inquiet. Il allait demander à Laura de la rejoindre, elle le savait, car il avait goûté à la douceur d'être avec elle.

En effet, il baissa la tête et se mit à actionner ses mâchoires. Mais cette fois, Laura l'envoya vers le passage qu'elle avait ménagé entre les obstacles. Avant qu'il ait eu le temps de faire volte-face, elle abaissa la barre en attente. Mercury était coincé de l'autre côté, lui qui mourait d'envie de retrouver la jeune fille !

Tout allait se jouer là. Laura se détourna.

Un long silence suivit. Puis elle entendit quelque chose d'incroyable : deux ou trois battues de trot, un temps de suspension et le bruit des sabots qui se réceptionnaient sur le sable. Mercury avait sauté !

Laura eut envie de crier de joie. Mais elle se força à rester calme et patienta encore, jusqu'à ce que le cheval pose à nouveau ses naseaux de velours sur son épaule. Alors, elle se retourna, le cœur débordant d'allégresse.

— Tu as réussi ! s'écria-t-elle en se jetant à son encolure. Tout seul !

Quand Laura releva la tête, elle aperçut Huten et Caroline de l'autre côté de la barrière.

— Hé ! s'exclama la jeune Indienne. Je n'ai jamais vu ça !

Laura eut un sourire rayonnant. Elle mena le cheval vers eux. Huten ne disait rien, mais ses yeux brillaient.

— Il a choisi de sauter, expliqua-t-elle. C'est lui qui l'a voulu.

— Ça oui, confirma Caroline. Mais je me demande s'il s'est rendu compte de l'obstacle. Il ne pensait qu'à te rejoindre.

Laura flatta encore Mercury qui soupira, tout au plaisir de la caresse.

— En route, lui dit la jeune fille. Tu as gagné ta journée... Que penses-tu d'un peu de liberté au pré ? Merci encore, Huten. Vous m'avez ouvert les yeux.

— Tu as trouvé la voie toi-même, répliqua doucement le Cherokee.

Tandis qu'elle marchait en direction du paddock, Laura réfléchit à ces paroles mystérieuses. Si le vieil homme lui avait dit comment procéder, elle n'aurait rien appris. Tandis qu'en paraissant l'ignorer, il l'avait forcée à se creuser la tête. Ainsi, elle avait pu envisager le problème autrement. Et rendre l'obstacle invisible à Mercury...

Ted sembla ravi que Laura lui téléphone un peu plus tard.

— Alors ? s'écria-t-il.

— On avance, répondit la jeune fille.

Elle marqua une pause, puis ajouta :

— Mercury a sauté une barre, tout à l'heure.

— Non ? Raconte !

Laura s'exécuta.

— Je suis fier de vous, mademoiselle Fleming, déclara Ted.

— Et pourtant, c'est toi qui avais raison, remarqua Laura. Souviens-toi : tu pensais qu'on avait tort de vouloir faire sauter Mercury à tout prix.

— Mais je savais que tu trouverais un moyen de contourner la difficulté.

Laura sourit. Il ne croyait pas si bien dire...

— Je t'ai raconté l'histoire du panier, la dernière fois ? poursuivit-elle. Eh bien, pour nous deux, c'est la même chose : j'étais obnubilée par ce que penseraient les gens, par ce qu'on allait devenir, ça tournait sans arrêt dans ma tête. Maintenant, j'ai compris : il faut prendre un jour après l'autre, sans s'inquiéter du résultat. Je te demande pardon, Ted.

— Allons donc ! Je t'ai toujours dit que je n'étais pas pressé. Je t'attendrai, Laura. Le temps qu'il faudra.

19

Laura écouta le bruit étouffé des sabots foulant le sable. Mercury venait de nouveau de franchir l'obstacle. Depuis deux jours, la jeune fille n'avait cessé de monter les barres, mais la hauteur ne changeait rien : le cheval s'envolait d'un bond pour rejoindre la jeune fille, postée de l'autre côté.

— Tu vas sauter avec lui ? s'informa Caroline, accoudée à la barrière.

— Pas aujourd'hui. Mais je voudrais essayer avant de partir. On est jeudi, donc il ne reste que demain : Ted vient me chercher samedi.

— Déjà ?

La déception voila le regard de la jeune Indienne, mais elle se reprit rapidement.

— Alors tu es libre cet après-midi ?

— Oui, pourquoi ?

— J'aimerais faire une balade à cheval avec toi. Je voudrais te montrer quelque chose.

Intriguée, Laura accepta.

Après le déjeuner, les deux filles prirent une piste à flanc de montagne. C'était la première fois que Caroline chevauchait devant son amie. Laura admira son aisance.

— Je ne comprends pas pourquoi tu montes si peu, s'étonna Laura. On dirait que tu as toujours fait ça !

— Justement. C'est l'une des choses que je voulais te dire. J'ai réfléchi... je vais sans doute monter plus souvent, grâce à toi.

— Ah bon ? Mais ton projet d'aller en ville ?

— Bof, rien ne presse...

Les chevaux débouchèrent sur une large allée.

— On fait la course ? cria Caroline en prenant les devants.

Sa jument Sandy partit comme une flèche, talonnée par Mercury. Au bout de la piste, les chevaux ralentirent. Laura entendit le bruit d'une chute d'eau. Caroline se retourna :

— C'est mon endroit secret. Personne ne vient ici. Enfin, j'espère !

Les chevaux zigzaguèrent entre les rochers jusqu'à une longue cascade, dont la source se perdait au-dessus de leurs têtes. Laura s'aspergea le visage avec l'eau glacée. Quand elle rouvrit les yeux, elle eut un coup au cœur. Caroline et Sandy avaient disparu !

— Caroline ?

Pas de réponse. Laura engagea Mercury sur l'étroit sentier qui menait à la cascade. Le cheval glissait sur le sol mouillé. Puis il s'immobilisa : le passage s'arrêtait là.

— Coucou ! lança une voix derrière eux.

Laura sursauta.

— Caro ! Qu'est-ce que tu fais là ? Tu étais devant, il y a une minute !

— Je vais te montrer, chuchota la jeune Cherokee.

Elle sauta à terre et revint en arrière, imitée par sa compagne. Soudain, l'Indienne et sa jument parurent avalées par un rocher. Laura écarquilla les yeux. Elle distingua l'entrée d'une grotte, dissimulée sous un gigantesque surplomb. Après une seconde d'hésitation, elle s'enfonça à son tour dans l'ouverture et attendit que ses yeux s'accoutument à la pénombre.

— Ça alors..., laissa-t-elle échapper dans un souffle. C'est magnifique...

Du sable blanc très fin recouvrait le sol de la grotte. Un peu plus loin, Caroline nouait les rênes de sa jument autour d'un anneau planté dans la roche.

Elle fit signe à Laura de l'imiter. Mercury s'avança d'un pas raide, mais un hennissement de Sandy le rassura. Laura rejoignit ensuite Caroline au fond de la caverne, au centre d'un puits de lumière. L'Indienne pointa le doigt vers le haut. Loin au-dessus de leurs têtes, on apercevait un rond de ciel bleu.

— Tu as de la chance, lança Caroline. Je n'amène pas n'importe qui ici.

— Merci, dit Laura. J'adore cet endroit.

— Je savais que ça te plairait, affirma

son amie. Mes ancêtres ont utilisé cette grotte pendant des siècles. Regarde, les signes sont là.

Laura plissa les yeux dans la direction indiquée par Caroline.

— La roche est noircie par endroits, tu vois ? reprit la jeune Cherokee. C'est la trace des feux de camp. Pour les anciens, l'endroit est sacré. Ils en parlent comme d'une personne... ils lui ont même donné un nom : Un-Œil.

Laura leva les yeux vers le rond de lumière, tandis que Caroline poursuivait :

— J'ai passé des heures ici, toute seule. J'imaginais que la forêt me parlait par son œil. Il m'a fallu un temps fou pour enfoncer l'anneau dans la pierre : j'ai même dû emprunter discrètement les outils de papa. Mais c'est la seule chose que j'aie introduite. Un lieu pareil doit rester inchangé.

« Elle a raison », songea Laura.

Les deux amies demeurèrent silencieuses, puis Caroline dit :

— Je ne suis pas venue depuis un an. D'un coup, j'en ai eu assez de la solitude ! Tu comprends, il n'y a personne de mon âge au campement. Et les adultes ne parlent que du passé... C'est pour ça que j'ai décidé de partir, je voulais vivre une autre vie, oublier mes origines.

— Et maintenant ? demanda Laura.

— Quand je t'ai vue avec Mercury, j'ai compris à quel point j'étais proche de grand-père et de ses méthodes. Tu paraissais perdue, tandis que son objectif était clair comme de l'eau, pour moi. Alors je me suis dit que je ferais mieux de trouver ma voie ici, au milieu des miens, et de construire mon avenir sur cet héritage. Et puis papa et maman auraient eu le cœur brisé...

Laura repensa à sa sœur. Pour elle aussi, la décision de quitter son emploi à New York avait été difficile à prendre.

— C'est une super nouvelle, Caro, déclara-t-elle.

— Je voulais te remercier, continua la Cherokee. Au début, j'ai pensé : « Amener un cheval d'aussi loin... Quelle idée ! » Mais tu m'as impressionnée. Tu défends jusqu'au bout tes convictions, même quand tu ne comprends pas ce qui se passe.

— C'est toi qui m'as permis d'y voir clair, affirma Laura, touchée.

Mercury gratta le sol du sabot, interrompant leur conversation.

— Il est pressé de repartir ! s'esclaffa Laura.

— Il faut l'écouter, alors. Allons-y !

La lumière du dehors les aveugla. Tout en cheminant derrière Caroline, Laura admira ses longs cheveux noirs qui brillaient au soleil. « Elle ne doit pas se lier facilement, songea-t-elle. Mais quand elle donne son amitié, c'est pour la vie. »

— Alors, c'est le grand jour ? demanda Caroline à Laura le lendemain, pendant le petit déjeuner.

— Oui, enfin j'espère. Je vais essayer de sauter avec Mercury.

— Ça te gênerait d'avoir des spectateurs ? demanda Bill.

— Co... comment ça ? bredouilla Laura.

— Eh bien, on a pensé venir te voir, tous ensemble. Tu as beaucoup travaillé cette semaine, ça nous ferait plaisir d'admirer le résultat de tes efforts.

La jeune fille s'empourpra. Elle ne s'attendait pas à cette marque d'intérêt !

— Mercury va peut-être refuser de sauter, avertit-elle. D'un autre côté, il adore qu'on le regarde... Ça l'aidera peut-être !

L'encolure arrondie, Mercury piaffait d'impatience.

« Il sent qu'il va se passer quelque chose », songea Laura en le conduisant à la carrière.

— Doucement ! s'exclama-t-elle. Tu pourras parader tout à l'heure.

Elle commença la séance par la méthode habituelle, puis incita le cheval à la rejoindre en franchissant la plus haute barre qu'il ait sautée depuis le début de sa rééducation. Mercury sauta. « Il est prêt », se dit-elle.

Pendant que Bill installait deux obstacles, elle se mit en selle. Après quelques tours d'échauffement, elle mena Mercury au pas jusqu'au premier obstacle. Lâchant les rênes sur l'encolure, elle le laissa flairer les barres à son aise.

— Alors, champion, ça te tente ? murmura-t-elle.

Conduit devant le deuxième obstacle, Mercury ne broncha pas. « C'est bon ! »

s'encouragea Laura. Le cœur battant la chamade, elle lui fit décrire un large cercle, lui demanda de passer au galop, et tourna vers la ligne d'obstacles. Le cheval allait-il se rebiffer, au dernier moment ?

Mais Mercury galopait franchement, les oreilles pointées en avant, les muscles bandés. Une, deux, trois foulées... et il s'envola par-dessus les barres. Laura entendit des applaudissements éclater dans son dos. Son visage s'illumina, puis elle se concentra de nouveau.

— L'autre, maintenant, chuchota-t-elle.

Elle serra les jambes. Mercury bondit en avant.

— Pas si vite...

Le cheval se rééquilibra, puis franchit le second obstacle avec une large marge.

— Hourra ! s'écria Laura, incapable de se retenir plus longtemps.

Comme s'il partageait sa joie, Mercury se mit à danser sur place. Laura s'esclaffa. Elle rejoignit la famille Rocher-Blanc à la barrière. Pour la première fois, le visage de Huten se fendit d'un large sourire.

— Il ira loin, murmura-t-il en tapotant

l'encolure puissante. Il aime plaire à son public.

Laura était bien d'accord.

Le samedi matin, Laura but un dernier café avec Huten. Une branche de bouleau agitée par la brise venait taper au carreau de la cuisine. Ted ne tarderait pas à arriver.

Huten plongea son regard grave dans les yeux de la jeune fille.

— Merci d'être venue, fit-il. Il t'a fallu du courage.

— Oh, pour être honnête, avoua Laura, j'ai plutôt fui qu'autre chose, mais c'était la bonne décision.

Huten hocha lentement la tête.

— Suis ton instinct, reprit-il, comme le faisait ta mère. Et continue d'apprendre. Tu sais maintenant qu'il faut parfois perdre de vue le but à atteindre pour y parvenir. Mais chaque expérience porte en elle une leçon nouvelle.

Laura acquiesça.

— Tu as aussi réussi quelque chose d'infiniment précieux, ajouta l'Indien en souriant. Tu as rempli la promesse de ta mère. En venant ici, tu as renoué le lien.

La gorge serrée, Laura essaya de comprendre. Huten baissa les yeux et ajouta :

— Un de mes ancêtres a dit un jour : « La mort n'existe pas. Ce n'est qu'un passage d'un monde à l'autre. » Penses-y. Cela t'aidera peut-être.

Laura hocha la tête sans répondre. Un moteur de camion résonna au dehors. La jeune fille se leva.

— Merci pour tout, Huten. On se reverra.

— Je sais, répliqua le vieux Cherokee de son ton tranquille.

Quand elle vit la haute silhouette familière descendre du camion, le cœur de Laura bondit dans sa poitrine.

— Ted ! s'écria-t-elle.

Le jeune homme ouvrit les bras avec un grand sourire. Laura s'y jeta en riant et se laissa embrasser sans honte. Peu importe ce que penseraient Bill et Barbara, qui les observaient du bungalow !

— Tu m'as manqué, lui souffla Ted à l'oreille.

— Toi aussi. J'ai l'impression qu'on ne s'est pas vus depuis des mois !

Caroline approchait, menant Mercury par la longe. Pendant que Ted abaissait la rampe du camion, Laura mit rapidement ses protections de transport au cheval. Puis elle prit la longe des mains de Caroline et installa Mercury. Une soudaine tristesse s'empara d'elle quand elle croisa le regard de sa nouvelle amie. Elle la serra dans ses bras.

— Au revoir, Caro. Et bonne chance pour tout.

— À toi aussi. Je te regretterai. J'espère que tu reviendras bientôt.

— Tu devrais venir à Heartland, suggéra Laura.

— Oh oui, ça serait bien ! s'écria la jeune Cherokee, le visage illuminé.

Laura remercia une dernière fois Bill et Barbara, puis elle se tourna vers Huten.

— Alors... au *revoir*, fit-elle.

Le vieil homme posa la main sur son épaule.

— Au revoir, Laura. Bon retour.

— Quelle semaine incroyable ! s'exclama Laura quand le bungalow eut disparu derrière le camion. Mais j'ai hâte de revoir Heartland. Raconte-moi tout : qu'est-ce que vous êtes devenus, pendant mon absence ? Et les chevaux ?

— J'en aurais pour la journée ! plaisanta Ted. Donne-moi plutôt de tes nouvelles.

— Chacun son tour, alors. C'est toi qui commences ! Comment va John ?

— Mieux. Il a dû repartir de zéro, avec Rainbow, et annuler le prochain concours.

— Oh non ! Il va rétrograder dans le classement !

— Oui, mais il l'a bien pris. Il faut parfois reculer pour mieux sauter, c'est le cas de le dire !

Laura opina en silence. Elle venait d'en faire l'expérience...

— À toi, maintenant, la relança Ted. Comment ça s'est passé, de ton côté ?

La jeune fille tourna les yeux vers lui. Quelque chose la tracassait encore.

— Huten m'a dit : « La mort n'existe

pas », fit-elle lentement. Il pensait à maman, je crois. Il voulait m'expliquer que son esprit ne mourrait jamais, qu'il était toujours là, mais sous une autre forme. En nous.

— C'est vrai, dit Ted. Marion vit à travers Heartland.

Les larmes montèrent aux yeux de Laura... mais c'étaient des larmes de soulagement. Marion n'avait pas disparu. L'esprit d'amour et de compréhension qui animait Heartland, le courage des chevaux surmontant leurs peurs, l'espérance en un avenir meilleur... Tout cela existait bel et bien. Jour après jour, l'héritage de Marion vivait.

Dans la même collection :

Heartland

1. Je reste !
2. Après l'orage...
3. Une nouvelle chance ?
4. Le prix du risque
5. L'impossible retour
6. Un jour, tu comprendras
7. Le champion brisé
8. Le cœur noué
9. Le messager de l'espoir
10. Une ombre au tableau
11. La vérité... ou presque
12. D'obstacle en obstacle
13. Coups du sort

Le guide de Laura *(Hors-série)*

Tu aimes rêver,
alors découvre vite la collection

La grande histoire de Léa :

1. **Le cœur en bataille**
2. **Je t'aime, je te hais**
3. **Sauve qui peut l'amour**
Marie-Francine Hébert

4. **Rendez-vous sur la Côte d'Amour**, Michel Amelin
5. **Les carnets de Lily B.**, Véronique M. Le Normand
6. **Félix Delaunay et moi**, Shaïne Cassim
7. **Le garçon d'à côté**, Michel Amelin
8. **Avis de tempête**, Marie-Sophie Vermot
9. **Le fils de l'astronaute**, Danielle Martinigol
10. **Le bourreau de mon cœur**, Michel Amelin
11. **Gaufres, manèges et pommes d'amour**, Giova Selly
12. **Le garçon qui vivait dans ma tête**, Gudule
13. **Un cœur pour deux**, Nina Petrick
14. **Les anges ont trop à faire**, Micheline Jeanjean
15. **Un été de Jade**, Charlotte Gingras
16. **L'amour sans trucage**, Giova Selly
17. **Gazelle de la nuit**, Gudule

Il était une fois... :

18. **Chloé fait des ravages**
20. **Terry amoureuse**
23. **Karen fait des siennes**
Janet Quin-Harkin

19. **Le jour où j'ai grandi**, Sarah Jacquet
21. **J'aime qui je veux**, Gloria Velásquez
22. **Menteuse amoureuse**, Valpierre
24. **Welcome l'amour**, Giova Selly

Et si tu aimes les séries de Pocket Junior,
découvre vite

Danse !

écrite par
Anne-Marie Pol

1. Nina, graine d'étoile
2. À moi de choisir
3. Embrouilles en coulisses
4. Sur un air de hip-hop
5. Le garçon venu d'ailleurs
6. Pleins feux sur Nina
7. Une Rose pour Mo
8. Coups de bec
9. Avec le vent
10. Une étoile pour Nina
11. Un trac du diable
12. Nina se révolte
13. Rien ne va plus !
14. Si j'étais Cléopâtre...
15. Comme un oiseau
16. Un cœur d'or
17. À Paris
18. Le mystère Mo
19. Des yeux si noirs...
20. Le Miroir Brisé
21. Peur de rien !
22. Le secret d'Aurore
23. Duel
24. Sous les étoiles
25. Tout se détraque !
26. La victoire de Nina
27. Prince hip-hop
28. Pile ou face

Les secrets de Nina (Hors-série)
Les ballets de Nina (Hors-série)

Sabrina

l'apprentie sorcière

1. Une rentrée pas ordinaire
2. Une rivale inattendue
3. Un Noël presque parfait
4. Un invité surprise
5. Un amour de sorcière
6. Un week-end très mouvementé
7. Une journée d'enfer
8. Un lundi hallucinant
9. Sabrina fait des mystères
10. Détective de choc !
11. La fête des sorcières
12. Le bal de la Pleine Lune
13. La double vie de Sabrina
14. Un défi pour Sabrina
15. Des lutins bien malins
16. Drôle de sirène !
17. Une soirée de rêve
18. Magicopoly
19. Un sortilège de trop
20. Gare à la peste !
21. Maudite momie !

La magie de Sabrina (Hors-série)

Et pour les plus jeunes :

Salem

le chat de Sabrina

1. Salem à la télé
2. Salem à l'école
3. Piégé dans l'Histoire !
4. Attention au sort !
5. Un après-midi de chien
6. Allô, Salem ?
7. Salem est jaloux
8. Libérez Salem !
9. Je hais les goûters !
10. Mauvaise pêche !
11. J'ai peur du docteur !
12. Sale punition !
13. Le gang de souris
14. Hourra pour Salem !

Découvre la collection

1. Sauvetage à haut risque
2. L'ange des mers
3. Un ami en péril
4. Au cœur de la tourmente
5. Le défi d'Arthur
6. Morgane en détresse
7. Mystère sous l'océan
8. L'enfant de la mer

Tu aimes te bidonner, alors dévore les romans de la collection

RIGOLO

1. **Papelucho, drôle de zozo,** Marcela Paz
2. **Un troll dans mes croquettes,** Ursel Scheffler
3. **Lucie l'éclair,** Jeremy Strong
4. **Un samedi de dingue,** Arnaud Delloye
5. **Dakil, le Magnifique,** Marie-Sabine Roger
6. **L'épicerie en folie,** Fanny Joly

Drôle d'école !

7. **Qui a tagué Charlemagne ?**
8. **Les millionnaires de la récré**
9. **La directrice est amoureuse**
11. **Chaud, la neige !**
28. **Silence, on joue !**

Fanny Joly

10. **Comment être super-belle ?,** Michel Amelin
12. **Plus menteur que moi... y a pas !,** Sophie Dieuaide
13. **La flûte de Simon pète les plombs !,** Freddy Woets
14. **Au secours, ma mère se remarie !,** Barbara Park

Un extraterrestre dans ma classe

15. **Super, Pleskit débarque !**
16. **La prof a rétréci !**
17. **Où est le cerveau de Grand-père ?**
23. **Fou, fou d'amour !**
25. **J'ai transformé mon copain en zombie**
29. **Jamais sans mon patmou !**
33. **Un extraterrestre de trop**

Bruce Coville

18. **Une frousse de dingue,** Arnaud Delloye

19. **Mon prof est un extraterrestre**
20. **Ciel ! Encore un prof extraterrestre**
21. **Mon prof s'allume dans le noir**
22. **Mon prof a bousillé la planète**

Bruce Coville

24. **La machine à mémoire,** Arthur Ténor
26. **Le book du foot,** Hugo Amelin
27. **Villa Mondésir,** Claude Carré
30. **Welcome, les dingues !,** Arnaud Delloye
31. **Tonton Roberto,** Fanny Joly
32. **Le guide de la malpolitesse,** Michel Amelin

Cet ouvrage a été composé par
PCA - 44400 REZE

Imprimé en France sur Presse Offset par

BRODARD & TAUPIN

GROUPE CPI

La Flèche (Sarthe), le 22-04-2003
N° d'impression : 18086

Dépôt légal : juin 2002

Imprimé en France

12, avenue d'Italie • 75627 PARIS Cedex 13

Tél. : 01.44.16.05.00